祕密兼差中
6
尉遲小律 著
ひのた 繪
三日月書版
輕世代
FW395

探問禁止
主唱大人★祕密兼差中
Are you ready for the party?

Contents

ARE YOU READY FOR THE PARTY

CHARACTER Profile

冰山度：★★★★★／

歐陽子奇

穆丞海的青梅竹馬兼搭檔，優雅腹黑貴公子一枚，專長是作曲＆欺負搭檔，體質容易鬼上身。

基本資料

身高：１８１公分　　體重：６４公斤
生日：９／２０　　血型：A型
喜歡的東西：音樂創作
討厭的東西：被打擾

♪座右銘

既然要做，就要傾盡全力做到最完美。

每一個欺負海的機會，
我都不想放過。

ARE YOU READY FOR THE PARTY?

CHARACTER Profile

穆丞海／熱血度：★★★★★

俊美風流的天然呆，唱功一百、演技零分的人氣偶像。卡到陰與拍電影的初體驗一同發生。

基本資料	身高：１７５公分	體重：６０公斤
	生日：４／１５	血型：O型
	喜歡的東西：戶外活動、小朋友	
	討厭的東西：睡不飽、肚子餓	

♪座右銘

認真思考什麼的實在是太麻煩了！人生不過短短幾十年，問心無愧，快樂生活最重要。

但是欺負我可以，
絕、對、不、能說子奇的壞話唷！

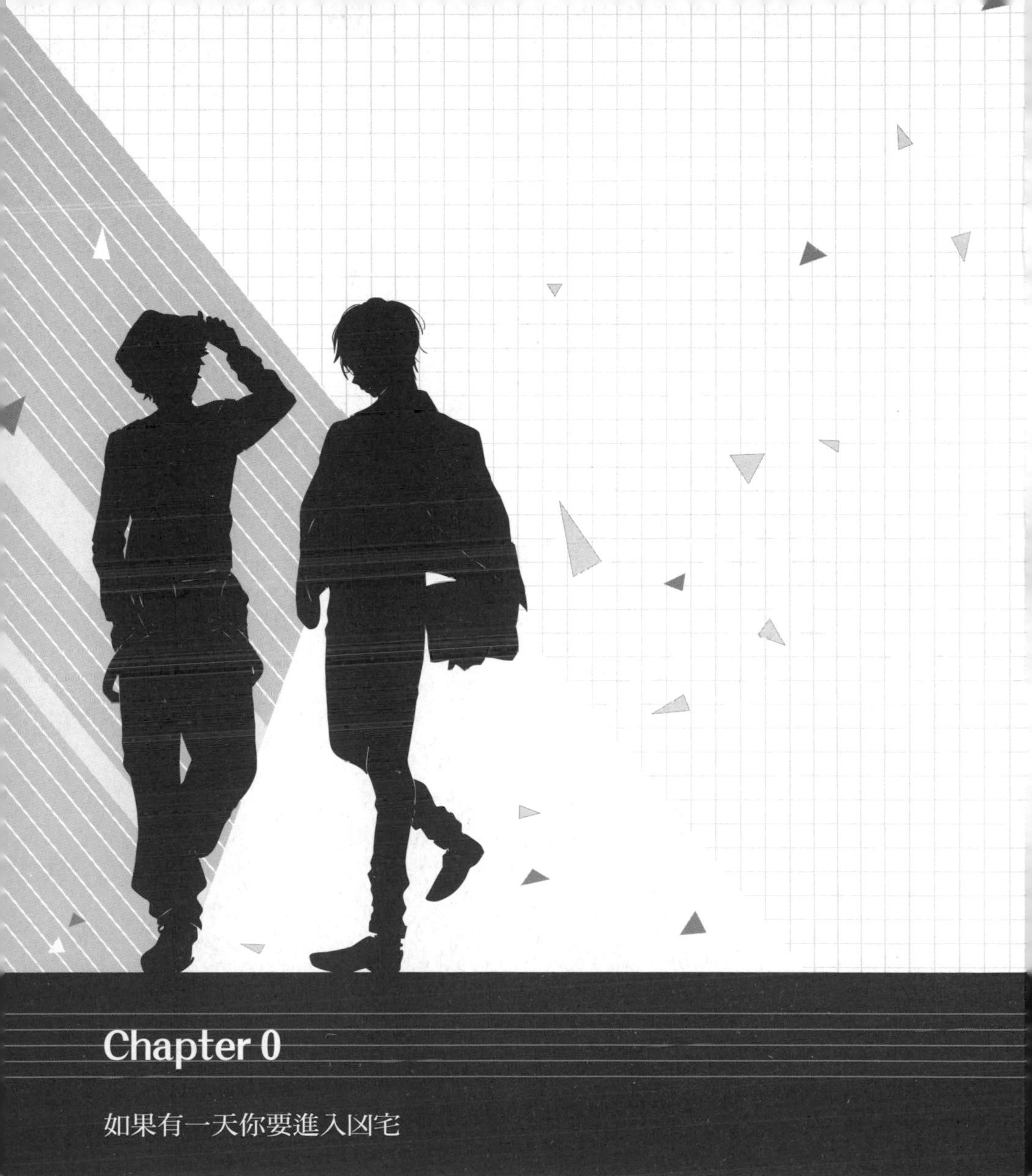

Chapter 0

如果有一天你要進入凶宅

「乖孫欸，接下來阿嬤說的話，你一定要牢牢記住，要像你背那個九九乘法表一樣記得那麼牢喔，即使是長大後也不能忘記，災謀？」

老舊社區的街道上，身形佝僂的八十多歲老婆婆，踏著緩慢卻堅定的步伐前進。她一隻手提著從黃昏市場買來的魚、菜、肉，另一手則牽著剛放學的張家第一金孫。

瑰麗的艷霞將這一老一小的身影拖得好長，同時映照著老婆婆的臉，在起伏明顯的皺褶間形成光與影，也反映出她的嚴肅。

「嗯，我最乖了！阿嬤說的話我都會牢牢記住的。」沒被奶奶牽著的肥短小手舉至鼻前，手背胡亂地抹掉鼻涕，再順手擦在白色制服上。

這個舉動如果被他媽媽看見了，鐵定是要挨一陣毒打的，但現在只有阿嬤在，他不怕，因為阿嬤最疼他了。

小金孫的制服繡著某某國小、二年級，這種乳臭未乾的年紀哪能聽出長輩話裡的嚴重性，他只是投機取巧，假裝順從地點頭應聲。

在張家要混得好很簡單，聽不懂大人說的話沒關係，只要表示自己絕對會聽話準沒錯。

「很好、很好。」老婆婆滿意地點點頭，「阿孫乖，上學很辛苦齁，肚子是不是餓了?來，先給你一根棒棒糖止餓，你媽媽今天臨時要加班，會很晚才回家，等會兒到家，阿嬤立刻煮飯給你吃。」

在路旁暫歇，老婆婆把手伸進提袋內摸索著，最後掏出一根買米時、雜貨店老闆娘順便送給她的棒棒糖，並拆開包裝遞給孫子。

「謝謝阿嬤!」小金孫開心極了，是他最愛的可樂口味。

「你邊吃邊聽阿嬤講，如果有一天你要進入凶宅……」

「阿嬤，什麼是凶宅?」舔著棒棒糖的小金孫問道。

「凶宅就是……」老婆婆斟酌著，要怎麼解釋才能讓小金孫明白，最後想到最淺白的用詞，「就是很恐怖的房子。」

「喔。」小金孫點點頭，不怎麼在意阿嬤的回答。反正他只是隨口問問，裝做自己有在用心聽阿嬤講話而已。

在學校，老師告訴他們，如果有遇到不懂的事情就要打破砂鍋問到底，這樣才會成長進步。他自己雖然沒有什麼求知慾，但是只要問了問題，大人們就會開心，覺得自己有在動腦思考、有長進，然後更加疼愛他，於是賊頭賊腦的小金孫就學會了。

果然，阿嬤見金孫這麼受教，心裡高興，忍不住又掏出一根棒棒糖給他。

人家常說，小孩只要是阿嬤親手養出來的，一定都會長得頭好壯壯，看小金孫身材圓潤，證明這個說法果然沒錯！

「如果有一天你要進入凶宅，第一，千萬不能亂碰裡面的東西，尤其是凶宅主人刻意藏在抽屜裡的、衣櫥頂端的、房間壁櫥後面的、床鋪底下的，那些主人不想被別人知道的東西。」老婆婆耳提面命。

「好。」小金孫舔著棒棒糖，繼續敷衍。

「第二，絕對不能在凶宅裡頭講鬼故事，尤其是把人名叫出來，不管是活人的名字，還是死人的名字。」

「阿嬤，萬一叫了會怎樣？」這次小金孫是真的好奇了。

「猴死囝仔，叫你聽話麥亂叫，丟麥叫！還問這麼多。」老婆婆暴怒地從菜籃裡拿出一條苦瓜，往小金孫的腦袋上一敲。

「喔，好啦。」噢，不！阿嬤今晚要煮他最討厭的苦瓜料理，小金孫皺起臉。

「都牢牢記住了嗎？」

「記住了。」

三十多年後，張凱能撫過他那曾經被苦瓜敲過、此刻已經漸漸光禿的頭頂，突然憶起小時候阿嬤的交代。

可是，阿嬤，妳怎麼沒有告訴我，萬一在凶宅裡把那些不該做的事情都做了，之後到底該怎麼辦？

Chapter I

儀式成功之後，百「鬼」齊放

韓綾……

聽到這個名字，穆丞海瞬間陷入石化狀態，原地發怔。

某種恐怖到令人毛骨悚然的氣氛驟然降臨，腦海裡迴盪著若有似無的〈夜雪〉旋律。

很久沒有演唱這首單曲了。

印象中，他駕車初遇小楊哥的兒子楊佟宇時，車內廣播所播放的正是他的〈夜雪〉。之後，他就因為小佟故意撞倒片場的鷹架而開啟陰陽眼，從此開始了演藝工作之餘，還要祕密兼差、替「人」解決事情的生活。

一朝被蛇咬，十年怕草繩，只要當他再度不經意地想起〈夜雪〉的旋律，就有一股——此時此刻，完全是一個要撞鬼的節奏啊！

幾日以來表現得膽小畏縮的羅天白，突然和殷大師劍拔弩張了起來，大家一時半刻還搞不清楚是怎麼回事，紛紛定在原地不敢妄動，就連身為師兄的趙老師，這會兒也看不出來，這個打從入師門以來，就只會跟前跟後、唯唯諾諾的羅師弟到底在搞什麼鬼。

不對喔……趙老師瞇眼審視著羅天白。

這真的是那個凡事都要他出手幫忙的羅師弟嗎？現在師弟外放的靈力威壓竟然比他高了上百倍？

趙老師在心裡搖頭，著實不願承認。若真要用法術對打起來，別說是他自己，就算是他們的師尊親自出馬，恐怕也未必是羅師弟的對手。

呿！怪沒意思的，怎麼身邊的人各個都藏得這麼深啊！

陳家宅邸四樓的交誼廳呈現一種詭異的狀態，兩位厲害的天師因對峙而暫時定格，眾人則因畏懼而不得動彈。

此外，還有件更急迫的事……

第一百個鬼故事講完了，蠟燭也已經熄滅。

大家屏氣凝神地等待著傳說中的現象出現，但時間一分一秒過去，除了被吹熄的白色蠟燭還裊裊飄著煙外，故事中的鬼魅並沒有「轟」的一聲全部跑出來。

終究只是以訛傳訛的都市傳說嗎？

就在眾人感到疑惑之際，最後一根蠟燭突然復燃了起來。

「子奇，快帶著丞海離開！」殷天師大喊。

表面上，殷天師和羅天白只是在原地你看我、我看你，但實際上，兩人已經在暗地裡相互較勁靈力、修行與法術，過了好幾十招。

最後，殷大師勉強護住了第一百根蠟燭，不讓火熄滅，但能撐多久殷大師自己也著實沒把握。

額上滲出的汗水甚至混雜著淡淡血絲，殷大師無比深邃的眼眸瞬也不瞬地直盯著羅天白，深怕遺漏他任何細微的動作。

不管接下來羅天白要出什麼招，他都要傾盡全力封鎖住對方的行動，就算他的實力無法徹底擊潰羅天白，至少也要撐到讓歐陽子奇護著穆丞海安全離開這裡為止。

「快走。」聞言，歐陽子奇反應極快，不顧自己發著燙的身體，拽著還在發呆的穆丞海就要往外跑。

歐陽子奇真是悔恨到腸子都青了，每次接到大型工作時，他都還會私下安排自己的人暗中維護安全，這次在實境拍攝前和丞海鬧彆扭，使得自己疏忽了這項前置作業。如果穆丞海因此受到傷害，他是絕對無法原諒自己的。

他現在得亡羊補牢才行。

歐陽家擁有龐大的保鑣單位，可以阻絕來自「人」的傷害，只要他有辦法跟外界取得聯繫，就算想臨時找來和殷大師一樣厲害的天師，把他們救出，遠離「鬼」的傷害也不成問題。

趙老師不明白這幾個人之間的暗潮洶湧，心裡依然掛記著拍攝，見MAX想離開交誼廳，趕緊出聲制止，「等等！百物語的儀式還沒結束，你們想要臨陣脫逃嗎？」

說完還洋洋得意地笑了起來。

穆丞海那小子在拍攝期間老愛和他作對，這下可讓他逮到機會，還不多酸穆丞海幾句。

張凱能跟薛畢真該頒個「盡忠職守」之類的獎牌給趙老師。

現場情況這麼不對勁，連工作人員都已經不管什麼儀式不儀式的了。那些想趁《鬼影任務》跨足電視圈的網紅們，心裡甚至開始後悔接下這個通告，待在家裡開直播真的安全多了。

但趙老師太愛出風頭，導致對危險的敏銳度降低，心裡只惦記著：這個橋段萬一沒有拍攝完成的話，自己講了那一堆精彩的鬼故事，不就白費工夫了？

想法異於常人的不只有趙老師，這次他難得有伴，還是那個被他酸言的穆丞海。

歐陽子奇想拉著他一起逃跑，穆丞海本來沒意見，但趙老師說的「臨陣脫逃」這四個字，讓他身為藝人的責任感突然湧現，開始檢討自己逃走的行為是否恰當。他停下腳步，以一臉為難的表情望向胡芹和張製作，想從他們眼裡的訊息，判斷出自己是否可以離開。

這短暫的幾秒，給了羅天白機會。

「是啊，還沒結束呢！」羅天白接下趙老師的話，笑了起來。

他笑，笑得異常猖狂，彷彿勝券在握。加入趙老師的師門，多年來隱藏實力與身分，他就是在等待這一刻。

羅天白從懷裡掏出一把槍，泛著血絲的眼睛殺意沸騰，他舉槍對準了穆丞海。

眾人倒抽一口氣——這人不講武德啊！

殷大師則暗叫不妙。自韓綾上吊自盡後，那個隱藏在暗處幫助韓綾的高手，衝著穆丞海去的全是惡毒的咒術，導致殷大師的沙盤推演都是如何用術法對決，反而落入了思考上的陷阱。

取人性命的方式何其多，最直接的就是對身體的物理傷害，羅天白在最後關頭掏出槍來，殷大師現在想做什麼也來不及了。

羅天白毫不猶豫地扣下板機。

砰！

射出的子彈不偏不倚地擊中穆丞海的左胸口，此起彼落的尖叫聲響起，見穆丞海沒有受傷倒下，大家才後知後覺地發現，羅天白拿的不是真槍。

在穆丞海身上爆開來的，是類似在漆彈場上用的油漆彈。子彈中的液體夾帶著一股刺鼻的怪異味道，有點像較為黏稠的血液，但又混和著一股檀香、符紙、玫瑰花、茉莉香、糖粉、七味粉等等無法描述的氣味。

穆丞海的上半身被弄得一片血紅，看起來狼狽不堪，但也免去了當場斃命的危機。

奇怪？穆丞海不解地看著羅天白。

羅天白瞪著自己的眼神明明散發著如此強烈的恨意，是認真想取他的性命的，既然有機會朝他開槍，那為何不用真槍呢？

難道是怕眾目睽睽下殺了他，會被警察抓去坐牢？

羅天白陰狠地笑著，白淨的臉龐再也不見一絲文弱，取而代之的是破釜沉舟後的決然。

「確實，我非常想直接殺了你，但是，韓綾更想親自動手。」他乾脆地給出解答，「如果讓你死得太輕鬆，豈不是便宜你了。」

說完，他揚手一揮。

這次，最後一根白色蠟燭——終於熄滅。

一股彷彿從地獄深處竄起、沁入骨髓的惡寒，驀地籠罩住整個交誼廳，非人的淒厲慘叫從四面八方傳來，鬼哭神號。不用天師們明說，大家心裡都有著共同的認知——「百物語」的儀式成功了。

吸收「百物語」儀式帶來的邪惡力量，三樓密室裡的「紅顏狂」迅速生長，突破殷大師布下的結界，枝葉劈里啪啦地以直沖天庭、要將眾神揪下來痛打一頓的氣勢，穿破了天花板，來到四樓的交誼廳。與此同時，「紅顏狂」的根部亦向下深深扎入，弄塌了二樓、一樓的地板，深入宅邸根基下的泥土裡。

「紅顏狂」長成一棵巨樹，它的莖與葉不斷向外延伸，順著牆壁、窗戶，幾乎要將整棟宅邸密實地圍繞住，不留一絲可容鑽出逃跑的空隙。

而四樓的人們，透過「紅顏狂」在整棟豪宅裡打通的垂直空間才知道，原來陳家宅邸是建在一處亂葬崗上。

「哈哈哈，看來小道消息說得沒錯呢！陳家的突然發跡，就是靠著將主宅蓋在極陰之地上，雖然從外表上感受不到是一塊陰地，但底處確確實實已經有個鬼門形成，這趟來得太值得了。」一直默默地看著屋內異變的江上人，貪婪地盯著地底深處。

隨著樹根在土裡竄生，一具具森冷白骨被喚醒了，它們沿著樹根，努力地從陰寒的地底下爬入人界。那積極的舉動，就像只要能從人界拖個活人「抓交替」，他們便能擺脫黑暗，直接成佛升天一樣。

幸好，當骷髏爬至陳家宅邸的一樓地板高度時，就被一股隱形的力量擋住，再也無法向上。

殷天師看見那幅景象，眼眸微微瞠大。枉費他已經在陳家宅邸裡活動了好幾天，卻到這時才發現，有道結界順著陳家宅邸外圍設立，過多的邪氣與咒術觸發它啟動，適時阻隔了亂葬崗的骷髏進入。

江上人更滿意了，「驚喜，好多驚喜。」

他雙眼貪婪地來回梭巡滿屋子的枝條，它渾體闇綠，又散發著詭異的紅色光澤，讓他的眼珠子都快凸出來了。他放聲大笑，興奮地前後擺動著身體。

瞧！多麼美麗且猖狂啊！躍動的生命力從每根粗大的枝幹中散發出來，那道神祕的聲音又開始在腦中迴響，誘惑著他。他要、他要！地底的陰氣他要，這株魔化的植物他要，還有方以禾，他全都要！

助理朵莉菲雙腿發顫，死盯著幾十尺深處的亂葬崗，嚇得精神錯亂之際竟然拍起手來，稱讚身旁的張凱能，「哎呀！真不愧是張製作，竟能找到這種蓋在亂葬崗上的凶宅來做實境拍攝。人家不是都說大難不死，必有後福嗎？這次如果我們能安全逃過如此的『大難』，應該可以期待一下『後福』究竟是怎樣的規模吧？」

張凱能聽了只能苦笑，「我也不知道這事情……怎麼就演變成這樣了呢？」

他只是想要節目不被收掉，沒打算玩這麼大的。

天上的阿嬤，您可要好好保祐我這個張家唯一的金孫啊。

「那個……菲菲，當初我們跟陳則義借房子的時候，他並沒有簽約對吧？」張凱能嚥了口唾沫，「那是不是表示，我們不用賠償宅邸的毀損費用？」

陳家宅邸變成名符其實的「透天厝」，他們那少得可憐的製作經費是要怎麼賠啦！

朵莉菲搜索著腦袋裡貧乏的法律知識。

呃……就算沒有簽約，應該還是要賠的吧？但她沒這個膽量，在此時說出來打擊張製作。而且，財物上的損失，或許已經不是最令人頭大的問題了。

交誼廳的另一頭，連日來不停偷吃「紅顏狂」果實的珊卓拉和林柔庭，渾身的水分突然像是被抽乾一般，皮膚變得蒼白無血氣，甚至龜裂出一道又一道黑暗醜陋的口子，瞬間骨瘦如材，雙眼瞪大凸出，無意識地在原地晃著身軀。

從「紅顏狂」果實獲得的水嫩美顏，就像是預先向地下錢莊借來的金錢一樣，現在討債的人上門了，她們不只預借的部分還不出來，還連本帶利地被吸走了原本的美麗容貌。

站在珊卓拉和林柔庭身旁的人，被這變異嚇得紛紛驚叫退開，能躲多遠就躲多遠。

眾人不約而同地想著，絕對要趕快逃離這個地方。

只是，談何容易。

不論是交誼廳的大門，或是陽臺處直通一樓的緊急用安全梯，此時都已經被「紅顏狂」的枝藤纏繞封死，至於那個通往地底的巨大破口就更不用說了，要是進入此地，簡直就跟直接投入地底骷髏的懷抱沒兩樣。

在這種被靈異凶煞圍困之時，天師們瞬間成為了眾人的希望。

殷天師果斷地咬破自己的手指，在空中劃出符咒圖案，他四周的碎石瞬即繞著他的身體、脫離重力法則漂浮了起來。他一揮手，碎石集中，接著飛向牆壁砸出一個破洞，而洞外就是走廊。

「快走！」殷天師大喝一聲。

穆丞海這次不猶豫了，他主動拉起歐陽子奇的手，率先穿過破洞。方以禾和胡芹反應快，也立刻跟在後頭，其他工作人員陸續跟上，再來就是穿著高跟鞋、行動較不便的網美們。

殷天師開出的洞不大不小，恰巧能容下一人通過。

人員還沒能全部撤出，「紅顏狂」的枝條便往破洞處竄去，眨眼間就將整個洞口堵住。羅天白見狀借力使力，發出咒術，黃色光芒如箭矢般射向覆蓋在洞口上的枝條，炸起一陣光波，將洞口堵得更嚴實了。

羅天白的目的，是阻攔交誼廳裡的天師們離開，尤其是殷天師，好讓外頭能成為韓綾恣意捕殺穆丞海的獵場。

走廊上的穆丞海聽見來不及離開交誼廳的人發出慘叫聲，他嘗試碰了一下那道黃光，手指便傳來被燒灼的痛楚。看來要拿普通工具掘開枝條是不可能的了。

有多少人逃出來了呢？

穆丞海快速掃了走廊上的人一遍，數量遠遠不到一半。他眉頭緊鎖，「張製作和王希燦沒逃出來？」

無法一一確認每個人的下落，但重要的製作人跟影帝不見了，這點倒是很明顯。

朵莉菲點點頭，心裡有些過意不去。她剛才就站在張製作旁邊，但一聽見殷天師叫他們出去，就出於本能地拔腿奔向洞口，張製作年紀大、動作緩，她應該拉著他一起跑的。

「胡芹姐，妳拿到的警方資料中，有提到陳家宅邸是蓋在亂葬崗上的嗎？」

想到那些骷髏可能隨時會衝破隱形屏蔽爬上來，紅心Q就腳底發涼。

胡芹搖頭苦笑，她回想早已背得滾瓜爛熟的資料，別說亂葬崗了，就連放著「紅顏狂」盆栽的密室，警方也隻字未提，陳家宅邸到底還藏有多少祕密？此刻已經是他們所能遇到的最糟狀況了嗎？等一下會不會又發生什麼讓人心跳停止的事情？

「那個……方以禾，我可以問妳一個問題嗎？」喵控緩緩舉手，細聲問道。

這樣怯生生又禮貌的語調，在緊急慌亂的氛圍中太過違和，讓走廊上逃出來的人們全部停下動作，看向喵控。

喵控可是這個節目的資深工作人員，如此發問肯定是有什麼隱情。

「可以的，妳請說。」方以禾整整衣著，同樣禮貌地正視著喵控。

此時的背景彷彿變換成了一間日本茶坊的包廂，兩人穿著和服，跪坐在鋪著墊子的榻榻米上，左邊一句「妳先請」，右邊一句「不不不，妳先請」，就是那般客氣。

「其實，也不是什麼大事，就是……這幾天我一直在細思，那日妳與殷大師在小密室內的對話，殷大師問妳『混入』的目的，妳回答『無意生事』，只是『想找故人』才來到這裡，還要殷大師『高抬貴手』。妳要找的故人……究竟是誰？」喵控停頓，不安地觀察著方以禾的反應。見她似乎沒有想要對她不利的意思，才鼓起勇氣繼續說下去，「……妳和現在這滿屋子的枝條有關嗎？莫非妳……並非人類？」

喵控大膽的推論引得眾人靜默，紛紛回想起當時小密室內的對話。

眾人頭上同時冒出驚嘆號，這才發覺，她乍聽之下荒謬的推論其實不無道理，再瞧瞧方以禾那副即使身處混亂之中，依舊仙氣逼人的樣子，真的不像普通人類吶。

大家不禁陷入吃瓜看戲的狀態，屏氣凝神等待方以禾的回答。

沒有絲毫躊躇，方以禾點頭，「密室裡的植物，確實就是我要找的故人，他叫做姜維瀾。」

語畢，方以禾驟然朝在場的各位九十度鞠躬，「把屋子破壞成這樣，非常抱歉，我會努力替他償還修繕費用的。」

這個道歉誠意滿分。

穆丞海吃驚地看著方以禾。不管是面對自己、殷大師或者是喵控的詢問，方以禾對於承認自己是「非人」這件事情都絲毫不猶豫耶！

但就這樣公開承認自己非人的身分，真的好嗎？

還有大家現在關心的，應該是妳的同伴會不會攻擊我們，而不是損壞的屋子有沒有辦法修啦！

《鬼影任務》的製作團隊，不愧是出入眾多鬼屋及靈異場所、頻繁接觸大大小小鄉野怪談的人，聽到方以禾是非人物種，不但沒有恐懼，更多的是驚喜與中樂透頭獎般的喜悅，輕而易舉地就接受了這樣的事實。

比起四周如地獄般的亂象，這場人與非人的相識，簡直美好和諧得不可思議。

「以禾，妳既然和小密室的那個姜維瀾認識，那能不能請妳跟他溝通一下，讓他把這些枝條收起來，放我們出去？」胡芹懇求道。

方以禾咬著下唇，歉然搖頭。她在眾人的一片失望中解釋，「我試過了。這幾日我試圖與他交談，但他不知是怎麼了，似乎睡得很沉，完全沒有回應。而現在……他被儀式召喚出來的瘴氣影響，心性大變，他……已經不是我所熟識的那位同伴了。」

她的神情黯然，語氣哽咽，「我無法理解他的心，解讀不了他的語言，我們已經不在同一個頻率上了。」

「那個……我們出來之前，大家有看見珊卓拉和林柔庭的模樣嗎？那個像是水泥雕像般乾裂的外貌……」某個工作人員出聲。

「她們……死了嗎？」紅心Q試探地問。

所有人的目光再度齊聚於方以禾身上。

方以禾搖頭，「她們還活著，我猜想她們應該是吃了維瀾的果實，與他產生了聯繫，生命力暫時被大量借取才會變成那樣。畢竟要讓枝條瞬間生長到盤踞整間宅邸，需要很大的能量，我相信只要維瀾願意把生命能量還給她們，她們便能恢復原樣。」

方以禾望著周圍的樹枝，慨嘆。

維瀾啊維瀾，我靈山上的同伴啊，你到底是怎麼了？為何會突然脫韁地任憑身軀擴長，不顧一切地破壞呢？

聽見珊卓拉和林柔庭還有救，大夥兒便鬆了一口氣。也不是說和她們兩個感情有多好，只是誰也不想要好好的一場實境拍攝，鬧出兩條人命。

看方以禾和大家相處得很平和，沒有因為和姜維瀾相識就被遷怒，穆丞海放下心中大石，轉頭望向交誼廳，心裡莫名感到一陣不安。困在裡頭、來不及逃生的人不會有事吧？

歐陽子奇盯著穆丞海的側臉，皺眉。

他不喜歡他這副表情，果然還是陽光開朗的笑容更適合這張臉。

而且這個大白癡，明明整個宅邸中就屬他的處境最危險，羅天白跟韓綾還等著去取他性命呢！比起自己，他卻更擔心別人的安危。夏芙蓉常說自己太護著穆丞海，可他這天真又神經大條的個性，要怎麼能放著不顧？

「交誼廳裡頭還有天師在。」歐陽子奇不著痕跡地嘆氣，以掩去自己的無奈。他輕輕拍了幾下穆丞海的臉頰，伸手拭去他額上因焦急而生的汗珠。

在越是危急的情況下，自己就越該維持理智，如此才能成為丞海的守護者。快努力想想，要怎麼做才能讓情勢好轉？

歐陽子奇雖然也擔心王希燦，但他注意到天師群中，只有盧仙姑逃了出來，殷大師、江上人和趙老師都還在交誼廳裡，對比裡外的天師實力，他和穆丞海如果不是要躲避羅天白的攻擊，非離開不可，或許待在交誼廳裡面還比較安全些。

「薛畢導演的總監控室在一樓對吧？」歐陽子奇問。

「是的，在一樓。」某個工作人員回答。

「交誼廳裡的狀況如何，我們已經無法得知，與其站在這裡乾著急，不如先往一樓移動，大門或許還沒被樹條堵住，我們可以去找人協助。也有一種可能性，是薛畢導演在監控畫面看到我們出事，早已聯繫了外頭的人來支援。我們先下樓，至少可以減輕救難人員的負擔。」歐陽子奇出聲安慰大家，沉著冷靜的嗓音確實起了些許安撫的作用

在進行完「百物語」儀式，隨時會有鬼怪出現的情況下，大家本來應該聽從天師盧仙姑的指示行動。但盧仙姑雖有些道行，卻也沒見過這種陣仗，她蒼白著小臉、揪著身邊人的衣裳，一副驚慌失措的模樣，別說是當領路人了，連正常行走都有困難。

歐陽子奇身材頎長，至少超過一百八十公分，此刻的他散發著比以往更冷靜的氣息，低沉的聲音顯得格外有魄力，理所當然地成為了發號司令的人。

但他的身體狀況其實並不好，發燒與頭暈的症狀越來越明顯了，他的從容是強裝出來的。歐陽子奇不落痕跡地搭著穆丞海的手，借力穩住自己搖搖欲墜的身軀。

決定先逃出去後，一行人選擇了離交誼廳最近的樓梯，開始向一樓移動。

因為「紅顏狂」的樹條破壞了建築結構的緣故，室內有些地方的電力供應不穩，燈光閃爍，忽明忽暗，更增添了詭譎恐怖的氣氛。

他們行走的過程中，頭頂上時不時還會掉落粉塵與水泥碎塊，一方面要閃過階梯上被「紅顏狂」破壞的地方，另一方面又因為不敢踏在枝條上，只能落步在有限的空地板上，讓移動變得更加艱難。花了好些時間，才安然無恙地抵達三樓。

然而，如果你以為真的能就這樣無事地抵達一樓，那就太小看薛畢的「能力」了，平常拍戲都會招來靈異現象了，更何況是完成「百物語」儀式的現在。

三樓走廊的另一頭，傳來了電鋸運轉的刺耳聲響。

穆丞海抬頭，放遠目光望去，身體不禁一震。

夭壽……是歐陽子奇講的殺人狂出現了！

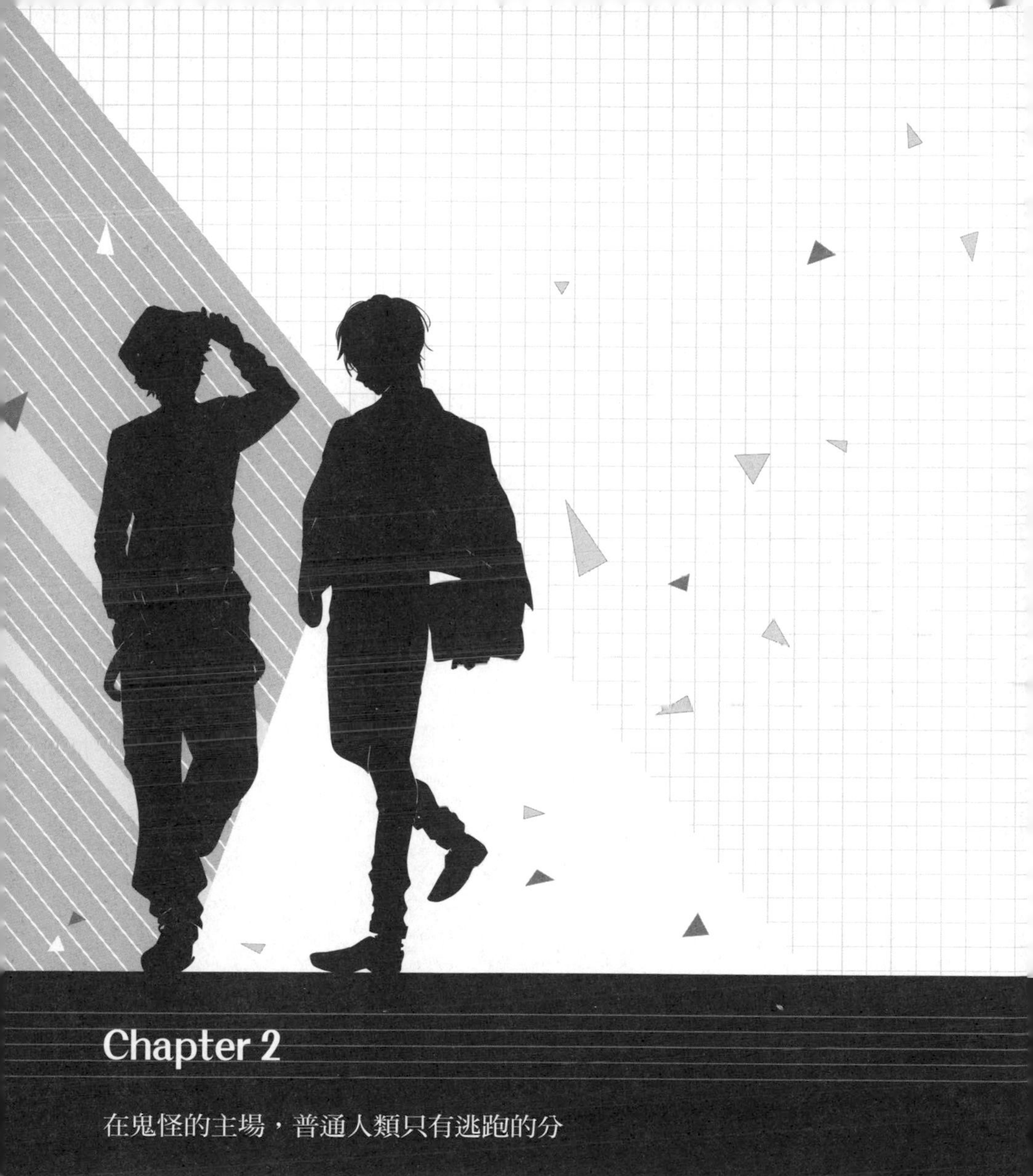

Chapter 2

在鬼怪的主場，普通人類只有逃跑的分

你是否聽過這一首童詩？

夏天，蟬兒們最忙碌。
鋸鋸鋸，鋸鋸鋸……
好像要把整座森林，
一口氣，通通鋸下來。
鋸鋸鋸，鋸鋸鋸……

天還沒亮，
牠們都已經上山，
開動了電鋸，
鋸鋸鋸的鋸個不停。

如果你不睜開眼睛的話，
你一定會誤以為：

牠們真的已經把整座森林都鋸光了！[1]

如果你不睜開眼睛的話，你一定會誤以為，那個「鋸鋸鋸」的聲音只是蟬聲，而不是有人正拿著發動的電鋸……才怪咧！誰會誤以為那金屬高速摩擦的刺耳聲響，會是蟬聲啊！

「還真的從故事裡跑出來了呢。」歐陽子奇苦笑。

三樓的長走廊上，離他們所站的樓梯口最遠的，是《德州電鋸殺人狂》，而近一點的，是《奪魂鋸》裡那個戴著白色面具、兩頰有紅色螺旋圖樣的變態殺人魔。兩個都是一等一殘酷的狠角色。

電鋸的轉動聲響宛若「琴瑟和鳴」一般，聲音劃破走道的寧靜，讓人聽得頭皮發麻、骨肉發疼。

「講了五個故事，出現兩個。」

「那其他三個……」穆丞海只記得歐陽子奇講的那堆故事都太血腥殘忍了，

1　取自林煥彰〈最忙碌的工人〉。

自己中途故意放空，催眠自己聽不見，導致現在一時想不起來，對方還講了哪些電影內容。

「照這情況來看，應該有機會遇得到吧。」

幸好一個人只需要講五個故事，否則像《驚聲尖叫》《月光光心慌慌》《絕命終結站》等等，噁心暴力、死一堆人的電影，也會被歐陽子奇拿來當鬼故事充數。

喵控緊握著身旁紅心Q的手，她很害怕。但怕歸怕，卻又有那麼一點期待，想看看這些電影裡的經典人物跨棚、拿著電鋸自相殘殺。

她細聲問著紅心Q，「妳覺得他們兩個如果對打起來，誰會贏？」

「誰會贏不清楚，只是他們兩個都盯著我們的方向看……」紅心Q說，心中升起一種獵物被獵人盯上的危機感，「我們恐怕會先成為試驗電鋸的對象。」

「我們……不跑嗎？」隊伍中的某人發出疑惑且顫抖的聲音，徵詢其他人的意見。

「廢話，不跑等著被支解嗎？」有人大喊著回應。

剛說完，兩個電影裡的經典殺人狂就朝他們衝來。

顧不得什麼女士優先，要攙扶行動不便之人或是老弱者，無分男女、宗教、種族、階級、黨派，所有人在殺人魔面前一律平等。大家無不使出此生最快的速度，回到樓梯間，繼續往二樓竄逃。

就在他們接著要往一樓前進時，很不幸的，另一個歐陽子奇訴說的、故事裡的殺人魔，「開膛手傑克」出現了。

他手裡揮動著斧頭與利刃，兩把鋒利的武器在光線昏暗的空間中發出森冷光芒，「開膛手傑克」如守門人一般，穩穩跨立在階梯上，阻止大家下到一樓去。

「開膛手傑克」傳說是專挑妓女下手的殺手，但被「百物語」的儀式召喚出來，又受到地底亂葬崗和「紅顏狂」的影響，他的性格變得更加殘暴冷酷。而這群召喚者便是他的目標，他眼中該殺的「妓女」。

既然此路不通，大家只好掉頭、換個樓梯，往二樓走廊的另一端奔去。途中，歐陽子奇故事中的第四號殺人狂——《十三號星期五》的傑森．沃爾西斯也出現了。

隊伍至此遭到分散，跑得動的就往一樓繼續前進，跑不了那麼快的只能隨機找間空房躲起來，其中也有人試圖再逃回三樓。

陳家宅邸的每一層走廊兩頭都連接著樓梯，形成一個環狀空間，能不能利用地形躲過殺人魔的追擊，就各憑本事了。

逃著逃著，穆丞海這一組人只剩下他、歐陽子奇和方以禾三人，胡芹也不知不覺地脫了隊。

好不容易抓到空檔，抵達一樓。當他們經過廚房時，歡樂的笑聲傳入他們的耳朵。

轉頭一看，就見許多食材正在廚房裡頭開著派對。

切成本壘板形狀的白蘿蔔片旁站著人蔘，它手裡握著一條堅挺的四季豆，以此當作球棒。不遠處，松坂豬肉片抬起腿，投出一顆削成球狀的馬鈴薯。

人蔘抓準時機用力揮棒——

馬鈴薯球飛過一壘手香菇的頭頂，連衝過來支援的龍蝦奮力一跳，都無法攔住它往全壘打牆外飛去。

最後，馬鈴薯球越來越靠近電鍋，開關跳起的聲音突然響起，電鍋的鍋蓋彈開，一顆有人頭那麼大的包子跳了出來，白色的麵皮裂開一道口子，上下開闔喊著：「好熱！」

接著就剛好用嘴接住了馬鈴薯球。

觀眾席上的馬卡龍們爆出歡呼，就連吧檯邊正在調情的威士忌和萊姆汁，都轉頭替包子傑出的守備喝采。成為英雄的包子太過高興，激動地跳上跳下，不斷噴出肉末、大蔥、香菇、筍乾，廚房頓時香氣四溢。

盧仙姑的故事果然是最不恐怖、最沒有殺傷力的。

這樣滑稽的畫面惹得穆丞海正要笑出聲，一隻瘦骨嶙峋的手倏然從牆壁伸出，神準地抓住包子，一顆頭和底下的肩膀也跟著浮出牆外。

穿著紅衣的小女孩從廚房牆壁裡慢慢地爬了出來，但她不是在山林間出沒的那位，而是江上人的故事中，被餓死鬼附身的那個女孩。

穆丞海的笑容頓時一僵。

「好餓！好餓啊——！」

被餓死鬼附身的小女孩，將手裡的包子塞入嘴裡。隨著每一次咀嚼，包子發出一聲又一聲淒厲的尖叫，紅色漿狀的液體沿著小女孩的嘴角滑落，但那抹紅色比血液要淡一點，看起來很有可能是甜辣醬。

「唔……我暫時不會想吃包子了。」穆丞海胃部一陣翻絞。

歐陽子奇點頭認同，廚房裡的畫面嚴重影響食慾，「我們趕快離開這裡吧，江上人故事中的主角可不是愛吃包子而已。」

她還吃人。

「由人類親口說出的言靈，力量竟會如此強大。」看著這一幕，方以禾有感而發。

只是說出故事而已，就能將靈體、虛幻之物具現化。

百物語啊！這根本不該存在於人世的危險儀式，又是誰留下的呢？

她低頭瞅著自己的掌心，感覺有股源源不絕的力量正試圖灌入，但它並非來自正道，而是在蠱惑她接收、進而使她墮落的能量。她必須堅定意志，不斷告誡自己，才能維持住精神，不被影響成魔。

這讓她想起從穆丞海指尖嘗到的汁液，那來自她的同伴姜維瀾，而裡頭也有股微淡的魔性。

當時汁液為何會沾染在琴蓋上？莫非在這陳家宅邸發生的一切，都是你的計謀？維瀾，你到底想做什麼？

被餓死鬼附身的女孩和食材們在廚房鬧得不可開交，冰箱門「唰」的一聲打開，一顆人頭放聲大喊，「不准在我的廚房裡放肆！」

穆丞海忍不住打了個哆嗦。那張臉他認得，在夢中曾經看過，只是姣好的容顏因失血與冰凍而略顯灰白。那是陳家的女主人——劉湘潔。

人頭發號施令，兩個穿著制服的男傭人便快速步入廚房，動手清潔食材。被餓死鬼附身的女孩見無東西可吃，竟一頭撞在牆上。她愉悅地笑出聲，開始用手沾著自己的腦漿，送入嘴巴。

嘔——

穆丞海趕緊摀住嘴巴。此地果然不宜久留，他們往大門跑去。

來到大門前，穆丞海握住門把，想將之開啟，卻發現大門緊鎖。改去開窗，但連窗戶都被一股莫名的力量控制，怎麼拉也拉不開。

他環顧四周，尋找工具，見到一旁擺有幾張鐵製坐椅，便抓起其中一張，朝窗戶丟去。玻璃是破了，只是房屋外頭還有樹條纏繞，堵得密不透風。

「看來連一樓也出不去了。」歐陽子奇皺眉。

薛畢呢？

位於一樓的、薛畢用來當主控室的房間，也被「紅顏狂」緊緊纏繞，穆丞海走過去，硬是隔著樹條去敲主控室的門。

「薛畢！你在裡頭嗎？有沒有遇到危險？」穆丞海大喊。

然而主控室裡面靜悄悄的，沒有回應。

「子奇，你覺得薛畢有沒有可能在整棟房子被樹條纏繞前，就順利逃出去了？」穆丞海的心中還存著一絲僥倖。

「我不知道。」歐陽子奇搖頭。

穆丞海擔憂地看著主控室。

薛畢，你要沒事啊！

不給他多餘的悔恨時間，「十三號星期五」的傑森．沃爾西斯再度出現，並開始追殺穆丞海他們。

「可惡，我超後悔剛剛沒有講什麼警探之類的故事的。不對！應該要講漫威或是DC的超級英雄才對啊！」邊往樓上逃跑，穆丞海邊懊惱地說。

他更後悔沒講媽媽的故事。

自己忍著不講，就是怕韓綾出現，到頭來韓綾還是被那個羅天白給講了出來。真是虧大了。照現在這種鬼怪到處亂竄的狀況來看，等一下就算看見韓綾出現，應該也不會感到太意外。

「要是知道故事內的鬼怪真的會出現，我也不會講那些殺人魔的電影。」歐陽子奇輕輕咂了咂嘴。搞得像是在鬼宅裡舉辦一場障礙賽跑一樣，簡直是自作自受。

「不講殺人魔電影，那你要講什麼？」穆丞海好奇。

「把聊齋的故事整本講完應該不錯。」歐陽子奇的語氣充滿惋惜。

「喔喔喔～原來你喜歡那種古典美的故事喔！也是，小蓉就是那種類型的。」逃命之餘，穆丞海也不忘調侃。

歐陽子奇抓準時機白了穆丞海一眼，有種想要直接將他丟給傑森．沃爾西斯享用的衝動，「說實話，這些鬼怪看久了還挺不舒服的，虧你之前有陰陽眼的時候，一天到晚都要見鬼，想想也真是辛苦。」

「你終於知道啦。」穆丞海慨嘆。那段生活完全可以用「刺激」來形容，每天都有不同的驚喜，「話說回來，你哪來這麼多驚悚片可以講的，有些電影內容我甚至都還不太認識。」

「那些電影都是以前跟著希燦一起看的，他喜歡找各種題材的電影來研究演技，尤其是老片。據他的說法，越是沒有特效的和複雜運鏡的畫面，越能看出演員最純粹的技巧。」

聽到王希燦的名字，穆丞海就不免想起這幾日，王希燦老愛纏著歐陽子奇的樣子，尤其是他跟子奇還沒把話講開，彼此有所誤會的前幾日。穆丞海甩甩頭，想要忘掉王希燦將下巴枕在子奇肩上，對著他燦笑的模樣。

「子奇，王希燦是不是很想跟你組團？拍攝的這段期間，他的舉動似乎很針對我，拚命想表現出他比我更適合你的樣子。」他語氣中夾雜著一絲抱怨。

「原來你有發現啊。」歐陽子奇佯裝詫異。

穆丞海翻了個白眼，他也沒有那麼遲鈍好嗎？

「我覺得，他只是喜歡看別人為難。」歐陽子奇解釋。

……這到底是什麼奇怪的嗜好？穆丞海頓時額上三條線。

「那你為什麼都不反抗？」其實，這才是穆丞海最耿耿於懷的點。

看著歐陽子奇乖順地讓王希燦靠著，霸占住原本該屬於他的位置，穆丞海打從心底覺得不舒服。子奇的個性他最了解了，他這個超級做自己的富家少爺，才不會委屈求全，做出違背本性的事情。

「你嫉妒了？」歐陽子奇問道，嘴角忍不住揚起。

「並沒有好嗎？」有點欲蓋彌彰的大聲表明立場後，穆丞海稍停片刻，小聲說，「只是，不喜歡那樣……」

臉頰有些發燙，但穆丞海只將之歸咎於腳下的快步。

其實，歐陽子奇早就知道王希燦的用意了。本來也覺得他太無聊，想阻止王希燦的幼稚行為，但看見穆丞海數次變臉，又覺得有趣，好幾次差點笑了出來。加上想到穆丞海說出要暫停工作這樣的話語，於是賭氣不想處理，還刻意錯開眼神，不跟穆丞海對上。

方以禾看著跑在前頭的兩個男人，在這種隨時可能喪命的時刻，還能談笑風生，竟然令她有點……羨慕。她跟維瀾在靈山修練時，感情若是能像他倆一樣，此刻她是不是就能聽見對方內心深處的想法了呢？

穆丞海、歐陽子奇和方以禾跑著跑著，回到了陳家宅邸的三樓。這時傑森·沃爾西斯已經追得很近了，他們不得已，只好先拐進離他們最近的一個房間內，並趕緊將門反鎖。

傑森·沃爾西斯停佇在房門外，用力拍打著門板。

「他不會破門而入吧？」緊張地嚥著唾沫，穆丞海和方以禾兩雙眼睛，瞬也不瞬地盯著震動的門板。

要是傑森·沃爾西斯衝進來就完了，房間內可沒有其他退路了。

所幸不久後，遠處傳來一群人的尖叫聲，吸引了殺人魔的注意，改追那群人而去。

周遭的聲響漸漸靜了下來。

呼——終於有機會可以鬆口氣，休息一下了。他們累得直接在地板上坐下，這才有時間好好審視躲藏著的這個房間。

牆面漆成柔和的粉紅色，櫃子裡擺滿了各種款式的布娃娃。原來逃著逃著，他們竟然入了陳寧的臥室。

而與臥室相連的小密室裡頭，原本種在盆栽裡頭的植物枝幹已經變成原本的十倍粗，不只擠滿了整個密室，還往上穿破天花板，直達交誼廳。

但不管穆丞海如何豎耳聆聽，卻仍聽不見樓上傳來任何聲響。

殷大師他們沒事吧？羅天白被打敗了嗎？

對了，殷大師講了很多神佛的故事呢！那些神佛會出現、過來解救他們嗎？還是「百物語」儀式只能召出邪惡的鬼怪，無法召出神靈？如果真是這樣就太糟糕了，敵我兩方的勢力太過懸殊了啦！

我們到底要逃到什麼時候？難道今夜真的會是我們人生的完結篇？

眾多關於「百物語」儀式的問題縈繞在穆丞海腦中，全都沒有得到解答。他搔搔頭，索性不想了。

陳寧蒐集的布娃娃占去房間大多數空間，數量多到像是將整間玩具店搬進房內。娃娃跟娃娃擺在一起，感情很好般地依偎在一塊，但它們其實都是因為雙手被綁在一起了，才會靠成一團。

弄出這些娃娃擺設的陳寧，心裡到底在想些什麼？

在他夢中出現的陳寧，與洋伊一同將陳家宅邸裡的人一個接一個地殺害。陳寧那沉著冷酷的態度實在不像她那年紀該有的，尤其和他在庭院裡看見的陳寧幻象，簡直判若兩人。

若要穆丞海評斷，那個和姊姊一起玩球，笑得天真爛漫，跌倒受傷時會因疼痛哭泣，需要媽媽安慰的模樣，才是陳寧這個年齡的孩子該有的樣子。

雖然方以禾猜想陳寧應該是吃了果實，才會變得喪失心智，發狂殺人，但他夢見的陳寧並沒有發瘋。陳寧很清楚自己在做什麼，她甚至是有計畫地跟洋伊、以及陳家的爺爺一起殺掉全家的。

夢中的陳寧，彷彿就像是一個擁有超齡靈魂的人，住在幼小的身軀裡。

或許，他的夢中所呈現的畫面也不全然是事實，仔細回想，其中有幾處的確和胡芹描述的資料不太一樣。那方以禾的同伴讓他做那個夢的目的，又是什麼呢？莫非……是看他的頭腦好，想要他破案，向世人揭露真相？

思及此處，穆丞海痴痴笑著，心裡有幾分得意。

一個寶可夢的娃娃陡然從櫃子上掉落。

「……我們剛剛有講到任何和娃娃有關的故事嗎？」穆丞海問。櫃子上看起來有些不太對勁，他警戒了起來。

娃娃堆裡好像有東西在動。

歐陽子奇講的五個故事裡，穆丞海似乎錯過了最重要的一個。

「……有，我講了『恰吉』的故事。」背部靠著床腳、席地而坐的歐陽子奇不住地微微喘氣，奔跑使得身體狀況更加惡化。他虛弱地開口，說出駭人的話。

「《鬼娃恰吉》……靠！」

一個黑影從娃娃堆裡跳了出來，它手裡握著匕首，就要朝穆丞海的胸口刺去。千鈞一髮之際，突有一條長長的藤蔓甩出，將恰吉牢牢捆住。匕首從恰吉手裡脫出，落地時，就插在穆丞海雙腿之間的地板上。

若非穆丞海在看見恰吉時，本能地將臀部往後移了一點，他的小海海恐怕就要不保了。

從手指長出藤蔓，耳朵也變成尖長形狀，一頭翠綠色的長辮由髮絲與綠葉編織而成，此刻的方以禾呈現半人半妖的外貌，是她及時出手救了穆丞海。

穆丞海跟歐陽子奇對她突然的變化並不感到奇怪，或者說，這個夜晚就算出現什麼酷斯拉或閻羅王之類的，都已經屬於正常、可理解的範圍了。

「呼，謝啦！」穆丞海鬆了口氣，但隨即又想到什麼，「不對，既然妳有力量可以對付他們，幹嘛不早點使出來啦！」

方以禾歉然，她一直不敢動用靈力，深怕使用的同時會被周圍的邪惡力量趁虛而入，直到看見穆丞海有生命危險，才不得不用。幸好，她成功救下了穆丞海，自己也沒有因此被入侵，失了神智。

「抱歉，要是我早點知道可以變回妖態來抵禦，你們就不用來回地跑這麼久了。」

穆丞海擺擺手表示不介意，就當鍛鍊身體。

說到底，方以禾也沒有義務要幫他們，剛剛地出手相救已經很令人感激了。

見鬼娃恰吉還在掙扎，穆丞海指著它，對方以禾說，「這個愛拿刀亂揮的傢伙，可以先請妳暫時把它困住嗎？」

方以禾點頭，將鬼娃恰吉捆得更扎實了一些，並掛在大家都能看得見的牆壁上。

穆丞海回頭看向歐陽子奇，發現他正緊閉著眼眸。

冷汗已經濡濕了歐陽子奇的衣衫，身體的不適加劇，他不禁沉吟了一聲。

穆丞海趕緊將他扶到床上，讓他可以躺著休息，「子奇，你還好嗎？」

「不太好……」身體很虛弱，還重得像石頭一樣，他已經沒有力氣再像剛才那樣跑來跑去了，「你們不用管我，自己先設法找到出口逃出去吧。」

「提議駁回。我不能丟下你一個人，萬一那些鬼怪衝進來了，你怎麼辦？」

穆丞海伸手覆在歐陽子奇的額頭上，果不其然地發現他正發著高燒，「我回房間去拿退燒藥，你先在這裡休息，等我回來。」

穆丞海難得對歐陽子奇擺出強硬的態度，一副沒的商量的樣子。他請方以禾代為照顧歐陽子奇，甚至告訴她，如果子奇不乖乖休息的話，可以用藤蔓把他捆起來。

走到門邊，穆丞海想將耳朵貼到門板上，去聽外頭的動靜。

但他又想到恐怖片裡的情節，萬一這時候有刀子從門板外插進來，那他不就完了，於是他趕緊退開，保持了一點距離。

外頭偶爾會有倉促的跑步聲經過，伴隨著恐懼的尖叫聲，鬼怪們也發出了追逐獵物時會有的愉悅歡笑，但也都只是經過了他們躲藏的房間門口，就立刻遠離了。穆丞海耐心等待著門外回歸寧靜。

他做好心理準備，打開房門，往二樓自己之前暫住的房間衝去，祈禱一路上不要碰到任何鬼怪。

然而，他才剛移動到二樓，就看到走廊上出現了一個女人。對方站在他正前方約二十公尺處，披頭散髮，遮著臉龐看不清楚長相。

這又是誰說的故事裡的角色呢？

穆丞海往後退到樓梯口，轉身想要逃跑。

但對方以搶頭香的速度奮力朝他奔來，就像所有鬼片裡的鬼魂一樣，有這般移動速度的鬼，總是能讓成為目標的人類想跑也跑不掉。

Chapter 3

當內心的渴望被知曉時

「穆丞海——！」

女鬼在穆丞海的面前停了下來，媲美獅吼功的漫天巨響豪不留情地轟向穆丞海的耳膜，與此同時，一把木製扇子用力砸在了他的頭頂上。

「你真的是活得不耐煩了是吧？竟敢參加這種靈異節目，還玩『百物語』！」

啪啪啪啪啪啪啪！頭、肩、手臂、背、腹部，木扇不斷擊打在穆丞海身上，他吃痛地彎腰，恰巧躲過對方蓄力、往額頭上敲去的致命一擊。

「豔青姐姐，這傢伙就是學不乖，愛自作孽，枉費妳之前那麼罩他，為他驅魔打鬼的，他還不好好珍惜自己的生命。哎呀，想到妳曾經掏心掏肺付出的一切，小桃就替妳感到心寒。」制服打扮的女高中生小桃蹲在殘破的階梯上，她盡挑些刺激林豔青的話語，肆無忌憚地調侃著穆丞海。

不過話說回來，小桃倒是誠心佩服這個外貌比他年長，實際上卻小她許多歲的後輩。瞧瞧這幢熱鬧萬分的豪宅，不僅一到三樓有鬼抓人大逃殺，四樓還有天師鬥法的好戲上演。嘖嘖，穆丞海總能被捲入奇怪的事件中耶！

穆丞海聽見嬌嫩的女聲後，抬頭往上看，角度正好地看見了小桃的粉紅色

Hello Kitty內褲，他馬上尷尬地別開臉。

小桃見狀，笑得更開心了，「嘻嘻，還是這麼清純啊？都過這麼久了，不會還沒擺脫處男的行列吧？」

「我才不是……哎呦！」穆丞海的注意力被小桃吸走，沒留意到自己腳下，硬生生地被絆倒。

「啊啊啊！對不起啊！害你跌倒——害你跌倒——哈哈哈哈——！」穿著盔甲的老皮伸出一隻腳，平放在地上，成功絆倒了穆丞海。他開心極了。

穆丞海失去平衡，往一樓墜去。就在他快要重摔於地之時，一道穿著燕尾服的身影縱身躍出，翩然降落，落地時順勢旋身，燕尾揚起弧線。他站穩步伐，伸手及時撈住穆丞海的身軀，優雅紳士地救「美」成功。

「小心。」輕柔的叮嚀在穆丞海耳畔響起。

天旋地轉，頭昏眼花，等穆丞海穩住身體後，才看清楚救他的正是拜桑歌劇院的館長——普尼．林．賽洛斯。

此刻他竟然覺得賽洛斯館長好帥，有股想要化身成迷妹灑花尖叫，並且以身相許的衝動。

「咳……賽洛斯館長，謝謝你。」臉頰微紅，穆丞海藉著輕咳來掩飾自己的困窘。

「唉，笨死了！能一直被老皮絆倒也挺不簡單的。」跟著來到一樓的小桃順勢又補上一刀。

「那副呆蠢樣，我想再過萬年也不會變。」另一道男聲響起。

聲音的主人慵懶地斜倚著樓梯扶手，貼滿亮片的尖頭鞋搭配超級緊身的紅色褲子，使得腿部曲線一覽無遺。再往上瞧，粉紅色V領上衣紮進褲子裡，上衣領口低得幾乎要抵達和皮鞋同款的亮片腰帶處，身上還披著樣式誇張、袖口和領口皆加了大毛絨的外套。

「哈哈，連徐立展老師也來了，不過你的服裝怎麼……」也太華麗了吧！

抹上大量定型液的頭髮梳得服貼，臉上化著讓五官更顯立體的舞臺妝，即使是身著近距離看會顯得有點誇張的打扮，依舊無損徐立展的帥氣，反倒將他那與生俱來的王者自信彰顯無遺。

「還敢問啊？讓我丟著幾百萬個觀眾跑來這裡，你最好要有什麼重要的事。」徐立展冷語。

被「百物語」儀式召喚的時候，他正在陰間開演唱會，而且碰巧正在演唱〈華麗舞會〉這首歌。配合徐立展對〈華麗舞會〉的想像，他的表演服裝怎麼可能會不華麗？

不過，「百物語」的力量也真強大，不管是願意還是不願意，都會被人類的「言」呼喚召來，徐立展抬眸看了看天上，人類果然是最受創世神寵愛的物種。

「對不起啦！」穆丞海感到不好意思，雙手合十置於額前，頻頻道歉，「我實在是太想念你們了，所以才會在『百物語』的儀式中講了你們的故事。」

說著，他揚起笑容，「沒想到你們真的出現了！」

「你這個笨蛋，不要一直掛念死去的人，要好好邁步往前，過你自己的生活。」林豔青嘴裡雖然碎念，眼底卻有著被人惦記的開心。

他們還在敘舊，走廊盡頭的牆壁上卻驀然出現電視畫面的投影，閃爍著雜訊的銀幕裡出現一口井，下一秒，便有一個穿著白衣、披頭散髮的女鬼從井底爬出，以詭異的姿勢穿出牆面，匍匐在地，朝他們慢慢靠近。

Oh No！是《七夜怪談》裡的貞子！

這一票人、鬼背對著牆壁，沒發現貞子的出現，繼續聊著自己的話題。

「立展老師，瞧你這身服裝……難道是正在演唱〈華麗舞會〉嗎？」小桃飄到徐立展面前，搖身變成追星族，眼睛散發出光彩、興奮得都快化成愛心形狀了。

徐立展頷首，覺得這女孩眼力不錯，「就是在演唱〈華麗舞會〉。」

隨即，他的眼神睨向穆丞海，「結果精心準備的表演，就這樣被這小子打斷了！」

穆丞海又被酸了一句。沒有立場辯解的他，只能再度誠心誠意地道歉，「對不起啦！下次不敢了。」

最好是還有下次。眾鬼同時朝他投去不屑的眼神。

小桃轉頭不再搭理穆丞海，她心裡的尺是這樣衡量的：在徐立展這個歌神旁邊，穆丞海的實力充其量只能當當合音人員。

「好好喔，我也想去聽立展老師的演唱會。」小桃羨慕不已。

鬼怪的世界不像人間有網路，不管是什麼資訊，上網搜一下便能找得著，害得她必須要像之前遇到穆丞海那時一樣，在固定的拍攝場所蹲點，不然就是要到處串門子，靠她的「鬼」際關係打探，追星之路困難重重。

看吧，連徐立展開演唱會這種大事，她竟然都沒聽到半點風聲，真是有辱她生前響亮亮的「追星達人」稱號。

「錯過這場不打緊，接下來還會有其他場。吶，我這裡有幾張票，給妳吧，可以順道邀妳的朋友一起來。」徐立展伸出修長的手，打了個響指，手上立刻多出一小疊演唱會的門票，「VIP席的呦。」說著，還朝著小桃頑皮眨眼。

小桃被徐立展撩得心花怒放，她興奮地接過門票，「豔青姐，我們要不要一起去？」

「好呀，確實很久沒有聽展哥哥唱歌了。」林豔青不若小桃那麼樂顯於外，倒也笑得風情萬種。

徐立展心情大好，一掃被穆丞海強制召來的不悅，「不如我現在就先唱幾句給妳們聽好了。還有你這小子也要仔細看，多學點、累積實力，別想著靠那一、兩招就能在演藝圈混。」

「咳、咳……」徐立展清了清喉嚨，誇張地敞開雙臂，用腹部吸滿氣，張口，

「華麗舞會……」

此時此刻的貞子已經爬到他們身後。就在她伸出沾滿泥土的尖銳指甲，從地板上躍起，準備攻擊穆丞海之時，正好聽見了徐立展充滿魔力的歌聲。

貞子暫停動作，聽得如癡如醉，那在井底浸泡得發脹泛白的臉頰，似乎還泛起了淡淡的紅暈。

「展哥哥唱歌還是這麼好聽。」林豔青讚嘆。她渾身酥麻發軟，和小桃互相牽著手，依偎在一起。

聽著徐立展渾厚性感的嗓音，欣賞他充滿魅力的表情與肢體動作，整個身心靈都像做完 SPA 般愉悅舒爽。

不只貞子，這裡也有兩個女鬼被迷得暈頭轉向。

「我覺得還好。」穆丞海持不同意見。

他的發言並非來自同為歌手的妒嫉。徐立展的歌聲固然好聽，但要講到詮釋

〈華麗舞會〉這首歌曲，他心中的第一名當然非歐陽子奇莫屬。

「當漆黑的夜降臨……」

「低音太沉太重，又不是蓋房子打地基，要堅若磐石。還是子奇的聲音好，低沉又很有磁性。」

「回家的步履猶豫……」

「尾音上揚，撩撥感是不錯啦，但是太油膩了。還是子奇的好，性感婉轉，讓人聽了心都醉了。」

「那舞臺邊響起，動人的旋律，我的身旁卻沒有你……」

「憂傷感是有，只是太過蒼涼。還是子奇的好，感傷中有懊悔、有溫柔，堆積的情感綿密悠長……唉呦！」

「閉嘴。」木扇不偏不倚地敲中穆丞海的頭頂，讓他吃痛出聲。

奇怪？豔青姐明明比他矮，為何每次都能打中他的頭頂啊？

「別把你的心聲講出來，打擾我們聽歌。」小桃埋怨地瞪向穆丞海。

貞子現身後立即被徐立展圈粉，和他們站到了同一邊上，沉醉在一代歌神的魅力中，攻擊什麼的，全被忘得一乾二淨。

小桃注意到一旁的貞子，對徐立展感到無比欽佩，「好的歌聲比符咒更能制伏鬼怪呢！」

「真的嗎？我也來試試。」老皮湊到前方，摩拳擦掌地想要表現，「華麗舞——」

一句都還沒唱完，貞子聽見老皮的歌喉，隨即恢復陰厲的臉色，揚起手來又要展開攻擊。

別說是貞子，連小桃都想衝上去呼老皮一巴掌。

看來音樂的魔力雖大，但還是要看演唱的人是誰。

「展哥哥，你唱、你唱！」林豔青催促著。

「華麗舞會——」徐立展開口，聲音趨轉高亢，他嫌惡地瞪向老皮。

貞子收起攻勢，專注傾聽，再次露出如癡如醉的模樣。

「我不信，華麗舞會——」老皮又搶著唱。

貞子面目漸漸猙獰，又要展開攻擊。

「煩死了！」林豔青看得火氣上來，極其不耐。她舉起木扇用力一揮，直接把貞子轟回牆壁的電視霧花裡，接著轉頭，怒瞪老皮，「還有你，不要玩妖怪！」反手順勢把老皮打爆。

穆丞海不禁縮縮脖子，還是豔青姐最可怕了。

「喔，對了。」想起自己原本的目的，穆丞海朝他們擺擺手，「晚點再跟你們聊，我要先去幫子奇拿退燒藥。」

跑離了幾步，他停下來，忍著想要抱住大家的衝動，轉頭對著大家笑道，「老實說，雖然處境很危險，但是能夠再見到大家，我真的好開心。」

四樓交誼廳內。

羅天白動用法術封住洞口後，找了塊乾淨的地板倚牆坐下，看見大家還對他保持著警戒，不禁笑了出來，「別這麼緊繃嘛，離天亮還要很久呢！就讓外頭的人跟鬼魂們玩得開心一點，我們耐心等候吧。」

自從韓綾的魂魄被殷大師收服之後，羅天白一邊設法將韓綾救出，另一方面則持續用咒術攻擊穆丞海，想要完成韓綾除去情敵孽種的心願。青海會保護穆丞海保護得很嚴密，唯獨這次參加《鬼影任務》的實境拍攝，恰好給了他近身的機會。

然而事情並沒有如想像般容易。殷天師的出現，貼身保護著穆丞海，依舊讓他難以得手。

無意間得知張凱能要進行「百物語」儀式，是在進到陳家宅邸之後的三天前，當時他心中立刻產生了一個計畫。

要讓「百物語」儀式成功並不容易，必須配合天時、地利、人和，很碰巧的在這一天都具備了，因此他說了韓綾的故事，藉著儀式的力量，不管殷大師將韓綾封印在哪裡，都可以將她召來此地。而他只要再略施小技，幫助韓綾獵殺穆丞海即可。

除了觸動結界，以及被妖樹纏困於此地外，計畫進行到目前為止還算順利。反正那都是些無傷大雅的小事情，只要韓綾能盡興，之後是否能順利脫困，並不在他的考量內。

他的韓綾會感謝他吧？

一心只想著復仇的她，會不會因此在內心為他騰出一個小小的空間呢？羅天白苦笑。

「殷大師，你能不能趁那個羅修士不注意，想辦法再砸開一個出口，讓我們逃出去啊？」張凱能躡手躡腳地移動到殷天師身旁，壓低音量詢問。

「現在恐怕連殷天師都無能為力。」羅天白的聽覺敏銳，直接代殷大師回答。

接著，羅天白來回審視著周遭，嘖嘖稱奇。

「這個陳家宅邸可是很有趣的呢！竟然有道結界圍繞著房子而設，啟動後，就可以阻止外面的人類和鬼怪進入。奇怪的是，結界同時也阻礙了內裡的進出。要設立這樣的結界可不容易，而且建立這種雙向禁止通行的結界，又有什麼用意呢？」羅天白若有所思地看著地底那些白骨，它們不斷敲著一道隱形的隔牆，無法再往上爬。

「我剛才封住洞口的咒術，是為了把外圍結界的力量引導進來。殷天師，以你的能力想必也難以突破這個結界吧？」

「殷大師，他說的是真的嗎？」張凱能感到吃驚。

羅天白的意思是指設立宅邸外圍結界的人，比他自己還有殷天師都更厲害嗎？

殷天師點點頭。

羅天白說的沒錯，這股結界很強大，在被觸動之前，他完全感覺不到它的存在。而且他和羅天白一樣，想不透設置這種結界的目的。

如果是有人發現陳家宅邸裡有凶靈，想要防止凶宅內的邪穢外出作祟，那麼結界未免也藏得太過隱密了。

此外，他還發現了兩點怪異之處。

第一，這個結界傳出的波動與施咒方式，與他門派的咒術很像，但歸屬於禁術之類。他們的門規甚嚴，實在想不出有誰會來陳家宅邸立下這種結界。

第二，這種結界需要定時補強，表示在血案發生後，施咒者依舊會來陳家宅邸。

「你引了這個大家都突破不了的結界力量來封住房間，不就等於是作繭自縛？」王希燦心裡充滿無奈，早知道他擠破頭都要跟著歐陽子奇他們出去，困在這個房間裡和天師們對望，真的好無聊喔。

羅天白聳肩，一副無所謂的樣子。只要韓綾在外頭玩得開心，就算要他跟這群人一輩子困在這裡也沒關係。

「師弟，這不是我門的法術，你是去哪學的？師尊知道嗎？」趙老師正色，準備搬出師門教條來訓斥羅天白。

「我用的向來就不是你們門派的法術。」羅天白嗤之以鼻，對方到現在居然還看不出來他的術法派別，「你的法術，充其量也只能上靈異節目騙取通告費罷了。」

羅天白加入趙老師的師門，為的也只是掩飾身分，不讓別人發現他的強大。

「你——！」

「看來你們聊得很愉快呢！真不好意思，必須先打斷你們。」突兀的童稚聲音響起，眾人回頭，只見一名小女孩站在門口附近，「首先，歡迎光臨陳家大宅。」

羅天白和殷天師暗地吃驚，他們無法進出的結界，竟然簡簡單單就被闖入，而且直到對方出聲前，他們兩人都沒察覺到她的出現。

小女孩穿著粉紅色蕾絲點綴的華麗連身洋裝，微鬈長髮整齊地髻於頭後，她的皮膚吹彈可破，容貌異常精緻。若非她手裡抓著的半截貓屍洩漏了身分，那可愛的模樣，簡直就像是從童話裡走出來的善良小公主。

江上人著迷地看著陳寧，精神為之振奮，「妳……哇！真是傑作，太完美、太完美了！妳將這妖樹的力量運用得淋漓盡致……」

他的眼珠子上下打量著陳寧，接著像是突然理解了什麼一般，搖頭嘆氣，「但是，還是無可避免地造成了不可逆的後果啊！」

說完，江上人突然又變臉，衝著陳寧直笑，「我想得到妳。」

陳寧伸出食指，對著江上人左右搖晃，「那可不行喔，我已經有伴了。」

她的身旁突然出現另一個人。

其實，要將那稱作是人，實在是有些勉強。那是一道有著人的輪廓、卻不斷變化形狀的黑影，偶爾可以辨識出他的手與腳，也能稍微看見他的部分五官。他的長相完整浮現的某一瞬間，正好被張凱能捕捉到了。

「是你！你是當年向警方自首，然後在看守所裡自殺的那個傢伙！」張凱能指著那道影子大叫。

和胡芹一樣，張凱能在拍攝前也熟讀過陳家宅邸的資訊，只是他的資料大部分是從網路上找來的，沒有胡芹的警方資料詳細，但也已經足夠去辨識自首者的身分了。

「洋伊，看來有人還記得你呢！」陳寧側頭對著黑影甜甜一笑。

張凱能朝殷大師貼緊了些，這是背後大魔王終於現身的意思嗎？

「殷大師，『百物語』儀式不是只會召出故事裡的鬼怪嗎？而且剛剛羅修士也說了，結界會阻止外面的人和鬼進來，可是那個自殺的傢伙，不是死在這棟屋子裡的啊！為何他可以出現在這裡？」

張凱能的詫異之處，正是殷大師不解的地方。如果那個被稱作洋伊的人是在死後連屍帶魂被搬進陳家宅邸的，那此刻應該不會呈現這種靈魂不穩定的狀態。最有可能的是他根本不在宅邸裡，而是用其他方式強硬召喚而來的。

此外，陳寧身邊還出現了另一個人，他身著古裝，那是古代顯赫的世家才會有的紋樣和料子，臉上還戴了副面具，遮去了半張臉。

陳寧看見珊卓拉和林柔庭的模樣，捧腹大笑，「哈哈哈，這世界就是有貪得無厭的人呢！果實可以吃，卻要間隔著吃。」

這兩個人一定是在短時間內吃下了大量的果實，才會變成這樣的。

「維瀾，你要如何處置這兩具殘屍？她們可是未事先經過你的同意，就借取你力量的低下人類呦！」陳寧回頭詢問戴面具的人。

「她們已經付出了代價。」那人說著，緩緩拿下面具，「永遠淪為滋養我的器皿。」

淺褐色短髮如軟藤，在腦後張揚飛舞，白皙的臉龐有著和陳寧的肌膚如出一轍的精緻。他的雙唇如鮮血般紅潤，綠色的眼眸卻如冬季山巒上的湖水般冰冷。

最重要的是他那張臉……

「穆丞海?!」張凱能大叫。

「不，他不是穆丞海。」王希燦搖頭，否定張凱能的說法。

神韻雖像，但細部卻不一樣。穆丞海的眼睛要圓一些，臉也沒有那麼方。骨架寬度差不多，但高度是穆丞海更高些，大約是兩公分左右的差距，還有走路時肌肉運用的方式也大大不同。

王希燦在心裡細數著眼前這個人和穆丞海的不同。

……不妙。王希燦將思緒踩了剎車。

他已經默默將穆丞海的外貌身形和舉止都刻在腦子裡了嗎？

「沒錯喔，維瀾雖然和你們的某一位同伴長得很像，但不是他喔。」陳寧驕傲地宣布，「維瀾是我的同伴。」

姜維瀾沒有答話，嘴角只是淺淺揚起，態度不明。但王希燦捕捉到了他眼中稍縱即逝的情緒。

真的是同伴嗎？

羅天白和殷大師對望了一眼，各自從懷裡掏出符紙，同時施展咒術，想對陳寧展開攻擊，卻發現自己無法使用靈力驅動咒術。

「嘻嘻……看來我們的靈力都被封印了呢！」江上人古怪地笑著，將左右兩手中揉爛的符紙丟到地上。

從看見陳寧，進而想要得到她的那瞬間開始，江上人就已經偷偷驅動過法術了。

「你們不能動用武力，但我可以。這裡是我家，遊戲規則是主人說了算的喔！」陳寧帶著甜笑，好心替他們解惑。

姜維瀾製造出來的領域優勢，讓陳寧面對這一票收妖除魔的人也不用擔心。小公主顯然很滿意眼前這個眾人皆須服從於她的局勢，心情大好，把她生前因為經常回診身心科，從醫師與諮商師那裡學習到的分析能力，徹底用在了眾人身上。

「我觀察你們好幾天了，你們真的是群很有趣的人呢！」

陳寧緩緩踱步、來到張凱能面前，鞋底在大理石磚上踩出清脆的聲響，手裡拖著的半截貓屍則是隨著她的步伐，在地上留下一條怵目驚心的血痕。張凱能膽小地直接躲到殷大師身後，瑟瑟發抖。

「你，張凱能，想要自己的節目大紅，所以即使這棟屋子裡的鬧鬼傳言不斷，你還是把大家帶了進來，更不管眾人死活，舉行凶惡的『百物語』儀式，企圖增加節目的精采度。想想外頭那些被鬼怪追著到處跑的人，他們遭遇的險境都是因你而起的，你真是一個不折不扣的自私鬼呢！」

「我……嗚嗚嗚……我是自私鬼……」陳寧的話直戳張凱能的愧疚，讓他的心冷不防地像是被尖刀刺了一般。他垂下肩膀，頹喪如洩氣的皮球，喃喃著懊悔之詞，「嗚嗚嗚……都是我害的……都是我害的……」

陳寧說完，轉頭看向站得最近的殷天師，「你，法術高強的殷天師，想方設法要保護穆丞海那小子，不惜投入大量的時間與心力來擊敗羅天白，但實際上真是如此嗎？你是想證明自己是最厲害的，得到『名望』？或是青海會提供巨額保護費的『利益』？其實，你做的這些都只是你自認為的正義，不折不扣的假清高。到頭來，又真的拯救到別人了嗎？」

殷天師感覺腦部一陣劇烈疼痛，是陳寧說的話隨著耳膜的鼓動，進到腦子裡所引起的，帶著魔力的疼痛有些擊潰他的心智，讓他不知不覺地檢討起自己對穆丞海的保護，是否真是出於對他的關心？

小公主玩上癮，踢著輕快的腳步來到羅天白跟前，「你，羅天白，為了替心愛的女人報仇，放棄自己修的正道，但那個女人卻不在意你，她只是不斷地在利用你。當她報完仇後，沒有利用價值的你又要何去何從呢？你還是你自己，還是羅天白嗎？或者，你只是她身旁令她厭煩的小蟲子，終究什麼都不是呢？」

羅天白看似對陳寧的話無動於衷，只是警戒著陳寧的一舉一動，但他的額上滲出層層冷汗。他逼迫自己動腦思考，隱約有種預感，陳家宅邸最大的邪惡之源，就是眼前的陳寧，或者該說，是有了妖樹魔力幫助的陳寧。

而心，正因為想著韓綾而隱隱作痛……

趙老師在看見陳寧轉向他時，惶恐地往後退了幾步，甚至示弱地搖著頭，不想聽到任何讓人崩潰的隻言片語。但陳寧沒有放過他，筆直地朝他走去，「比起殷天師的假清高，我不得不稱讚趙老師你，真的是個很實在的人呢！你既要名也要利，還想要有萬人膜拜你。但是啊，若非鬼現形，否則你連鬼魂都看不見。趙老師你啊，其實只是外強中乾的虛榮鬼。」

「我不是，我才不是……」趙老師瘋狂大笑，間或夾帶著幾聲嗚咽。他想找個地方躲起來，卻無法控制自己的行為，不停地笑著，甚至晃動著臂膀，要大家都來看他，看他此刻的懦弱和狼狽，看他這個只會裝神弄鬼的神棍。

陳寧走向江上人，在離他三步之遙的地方停了下來。因為面前這個變態大叔和其他人不一樣，他巴不得自己直接投入他的懷抱。「江上人，我叫出你的名字，你很開心吧？」

江上人瘋狂點頭。

「你看見維瀾的本體想要，看見方以禾想要，看見我也想要，你真的是個不折不扣的貪心鬼呢！但是，這股強大的力量你真的駕馭得了嗎？」

江上人突然痛苦地彎下腰，半跪在地上。他感覺到有股力量正在源源不絕地進入他體內，把他的身軀脹得好滿。他無從消化，無法宣洩，身體簡直要炸開了。好痛苦……但是獲得力量的爽快又讓他企圖得到更多……

陳寧帶著嘲諷的目光掃了江上人一眼，接著轉向王希燦。

「你……」

「我可以不聽嗎？」王希燦苦笑，綜觀場內聽完陳寧言論的所有人，沒一個是平安無事的啊！

這個小公主給的不是令人大徹大悟、重獲新生的分析，而是腐蝕人心的毒藥。如果能安安靜靜當個邊緣人，不被她注意到該有多好。

「真的嗎？你真的不願意聽嗎？不想要有人看穿你那利用精湛演技所戴上的

面具？不想要有人了解你內心真正的想法，理解你的痛苦與無奈嗎？」

聽覺不像視覺，閉上眼睛，別過頭，就可以不去看。耳朵無法隨心所欲地關閉，王希燦只能無奈地接受陳寧的話語。

「你，王希燦，你喜歡捉弄人，看別人氣得跳腳、卻又莫可奈何的模樣，真是個壞心鬼呢！」陳寧甜甜地笑了幾聲，她不討厭王希燦，甚至覺得這個男人的內心跟她有幾分相似。

「所以，你在歐陽子奇和穆丞海有誤會的時刻趁虛而入，故意在穆丞海面前和歐陽子奇表現得很親暱，看見穆丞海焦急又煩躁的反應，你很開心。這段日子你根本不在乎有沒有鬧鬼，來實境拍攝也非是為了名利。你不渴望力量，只沉迷於這種捉弄別人的快樂之中。

「但你其實一點也不想拆散MAX，雖然你喜歡跟歐陽子奇在一起，希望能成為唯一了解他、且被他關心的人，但你不想獨占他。

「而且，你也很喜歡穆丞海對吧？你本來是不喜歡他的，但是越與他相處，越覺得他這個人不錯。你想要的，是如歐陽子奇跟穆丞海一般，和他們成為這樣的摯友。你想要加入他們，可惜他們並不打算再多收一個人，於是你成了第三者，你是不被需要的那個人。其實，你很可憐。」

王希燦的心難得也有被攻破的一日。他的臉色略為發白，長年累積的演技實力終究沒有讓他崩潰，但心裡的酸楚卻絲絲蔓延了開來。

陳寧很滿意自己造成的結果，她踏著輕快愉悅的步伐回到姜維瀾和洋伊身邊。

「其實大家的問題都很好解決呢！」陳寧拍拍手，愉快地宣布，「只要跟我們全家人一樣，永遠待在這個宅邸裡就行了。

「羅天白可以和韓綾在一起，再也沒有煩人的靳騰遠。

「王希燦可以和歐陽子奇、穆丞海在一起，這棟屋子裡有永恆的時間，能讓你們恣意培養感情。

「張凱能可以和鬼魂在一起，這裡有無限的靈異題材供你拍攝呢！」

但她的臉色陡然一變，壓低聲音。

「只要——在這座宅邸裡死去就行了。

「一開始你們或許會猶豫，就像我的爸爸、媽媽一樣。別擔心，我會幫助你們的，我已經幫助過宅邸裡的家人，讓他們脫離肉體，再幫助你們也只是舉手之勞。爸爸、媽媽還有爺爺都喜歡熱鬧，一定也會希望大家留下來的。」

陳寧側頭看著一樓廚房的方向，甜甜地笑了起來。

「瞧！我沒說錯吧！媽媽正在廚房做料理，忙得很開心，打算好好宴請大家呢！

「爺爺說，謝謝你們前來寒舍做客，還召來這麼多各式各樣的鬼怪朋友，只要再等一會兒，宴會就要在這裡開始囉！

「好久沒有辦過這麼熱鬧的晚宴了呢！」陳寧轉向張凱能，「傷腦筋呢，張製作，你還有一些工作人員不在宴會廳裡。」

張凱能的神智因陳寧的話稍稍恢復了過來，他呆愣著，聽陳寧接下來的吩咐。

「那就麻煩你去通知各樓層的大家，一個小時後再回來交誼廳，準備開宴會囉！」陳寧抬起手，表情如同指揮千軍萬馬的大人物一般，再一揚，張凱能便消失在交誼廳，被她送了出去。

而在那之前，殷大師硬逼自己回過神，趁機塞了個式神讓張凱能帶出去。

Chapter 4

再度證明，女鬼比殺人魔還可怕

穆丞海回到自己的房間，見房間內黑壓壓一片，快速摸索牆壁找到電燈開關，心急的他只想快點拿到退燒藥，拿去給歐陽子奇服下。

房內燈一亮，穆丞海就看見兩個披頭散髮的女鬼直挺挺地站在窗戶前。

又來！

他沒忍住，被嚇得尖叫。

兩個女鬼聽到尖叫聲也抖了一下，才把頭髮撥至身後，褪去包裹在身上的白色被單，原來是喵控和紅心Q。

「吼——妳們幹嘛啦！」

「哈哈……對不起咩，我們想說裝成鬼的話，就不會被鬼追了。」喵控乾笑，沒想到避鬼的裝扮會嚇到自己人，怪尷尬的。

「這有用嗎？」穆丞海疑惑，他在廚房可是見到被召喚出來的鬼在攻擊彼此耶！

兩個人對看一眼，攤手，「其實我們也不知道，但除了你之外，真的沒有鬼進來。」

至少，她們確實安然無恙地在這裡躲了一段時間。

「把門上鎖不就好了？」他們躲進陳寧房裡時，把門鎖上，追殺他們的傑森．沃爾西斯就被阻絕在門外，進不來了。

但是喵控和紅心Q聽完，同時搖頭，「我們在上一個房間確實有鎖門，結果有一個穿著盔甲的無頭鬼飄了進來。」

「而且更詭異的是，我們想了好久，但根本想不起來有誰講的哪個故事裡有出現過無頭騎士，超可怕的。」

「他還在我們面前躺下，把腳伸向我們。」

「對啊，超變態的，喵控的裙子差點就被他的腳勾起來了。」

呃……穆丞海搔搔頭，聽她們描述的惡行惡狀，擺明就是老皮耐不住無聊，跑出來整著人玩。

回想自己在儀式時講的鬼故事，當他提到拜桑歌劇院的經驗時，只有提到他被老皮絆倒，但沒有形容到老皮的樣子，難怪喵控和紅心Q沒認出老皮。認真算起來，她們被老皮的樣子嚇到也可以說是他害的。

不過老皮應該只是想要絆倒她們，沒有其他變態的想法……不！光是想要絆倒穿裙子的女生，這個舉動就已經夠變態了。

「既然有效，那你們就繼續躲好，我只是回來拿個東西，馬上就會離開了。」

喵控和紅心Q這才想起來，她們躲的是穆丞海的房間。

「我們沒有亂翻你的東西喔！」喵控和紅心Q趕緊澄清。

「只有借用你衣櫃裡乾淨的床單而已，打開櫃子時也沒亂瞄裡面的衣服，試圖找出MAX的舞臺表演裝……」

「也沒想過要找丁字褲……」

「或者蕾絲滾邊內衣……」

「還有手銬、蠟燭等等的情趣用品也不在搜索名單中……」

「當然，我們也沒有試圖找出你和子奇在一起的證據！」

「……」穆丞海開始猶豫，該不該讓她們繼續躲在自己的房間裡了。

他是不擔心會被找到什麼和子奇在一起的證據，畢竟他們就真的沒有在一起咩。只是覺得內衣褲被女生看見會很尷尬，還有他的行李箱裡有一些子奇的專屬紀念物，子奇簽名的應援小物，某個小相框內也有他和子奇的合照……噢，還有，子奇親手寫給他的聖誕卡片，他也一直都隨身帶著。

……等等，他怎麼在不知不覺中，攜帶了這麼多跟子奇有關的東西，活像他暗戀子奇一樣。

都是薛畢害的啦！琴房內的隱藏式攝影機幹嘛設置成那種奇怪的角度，還在大家查看錄影畫面時，說出一些會讓大家誤會的話。

穆丞海甩甩頭，不去想那些會讓人心跳加速的事情。他拉開床頭櫃的抽屜，努力翻找，「奇怪？我記得上次子奇吃完退燒藥之後，是收在這裡的……啊，找到了！」

取出退燒藥，穆丞海把握時間，再次叮嚀喵控和紅心Q不要隨便「亂動」後，便跑出房間，準備回到歐陽子奇身邊。

結果才剛出房門，眼角便瞥見一個穿著大紅旗袍的女人。

毫不陌生的身影。該來的總是要來的。

穆丞海牙一咬，轉過去和那名女子對望，同時關緊自己的房門。畢竟這是自己和韓綾的恩怨，他可不想牽連喵控和紅心Q她們。

「好久不見吶，伊琳娜的孽種。」陰森得像是從地獄裡傳來的聲音，韓綾打著招呼，語氣充滿黃鼠狼給雞拜年的惡意。她的脖子上還纏繞著上吊時的繩索，咽喉處纏有一團黑氣。

「你和靳騰遠，現在是不是正過著幸福快樂的生活呢？」

穆丞海毫不猶豫地點頭。不對，他幹嘛老實承認來惹怒韓綾啊！

果不其然，韓綾聽完面露凶光，「但是，你們幸福快樂的生活中沒有我。為什麼呢？先有伊琳娜破壞我和靳騰遠，後來又出現了你，奪走了靳騰遠的一切。為什麼？為什麼就只有我一個人獨留在不幸之中？」

不知打哪來的勇氣，穆丞海回嘴，「沒有妳很奇怪嗎？爸爸本來就不愛妳。而且不管是逼他娶妳來拯救青海會，或是害死我媽媽，做盡這些壞事、破壞別人幸福的人，明明是妳耶！」

穆丞海越講越生氣，想到他可憐的母親，眼眶突然熱氣翻騰，但他強忍著不讓淚水落下。他不想在韓綾面前哭泣示弱，韓綾就是想要看他痛苦難過，他不要讓她稱心如意。

「住嘴，那原本是屬於我的一切，我應該擁有的幸福，你們母子倆憑什麼奪走？你還能寡廉鮮恥，活得如此開心？」

咽喉處的黑氣因憤怒擴散，韓綾飄在半空中，身軀被整團黑氣包圍。她露在旗袍外的臂膀上青筋浮現，指節分明的手上每一片指甲又長又鋒利，只要一揮，就能輕鬆把肉刨開。

「我要復仇！伊琳娜，我要奪走妳最重視的人！穆丞海，我要殺了你！」

韓綾盛怒，戰鬥力瞬間提升了好幾個層級。

噢！大事不妙！

心裡雖不甘心，但跟韓綾硬碰硬他是討不到任何便宜的，穆丞海只能暫時退一步，好言相勸，試圖讓韓綾冷靜下來，「就算殺了我又能如何？妳已經死了啊，爸爸也不可能會回到妳身邊，不如……放下仇恨，好好修行，下輩子投胎或許會遇到真正愛妳的人。」

韓綾露出一抹冷笑，「不勞你費心，殺了你之後，我會回到騰遠身邊，陪伴他過完這輩子，然後再攜手一起到下輩子去。」

這個糾纏的程度，已經遠遠超過了「白頭偕老」的等級。

他有聽錯嗎？韓綾的意思是，如果他掛了，她就要去找爸爸，纏到他也掛掉為止？所以現在不只是為了自己，他還要為老爸好好保住自己的性命？

韓綾強烈的復仇心，讓她連結束自己的生命都毫不猶豫，更何況是取穆丞海的性命？這對她來說，簡直就像是捏死螞蟻一樣無感。

手裡緊握著要給歐陽子奇的退燒藥，穆丞海心急著想要把藥趕緊送過去，但前提是他得安然度過韓綾這一關。

如果他奮力一搏，能否打敗韓綾，和她徹底做個了斷？

念頭興起不到三秒就消失無蹤，韓綾來勢洶洶的殺氣，讓穆丞海不由自主地往後頭退了一步。這一退，就沒了留下的勇氣，他忍不住開始拔腿狂奔。

現在絕對不能把韓綾引到歐陽子奇身邊。

穆丞海轉往一樓跑去，韓綾在後頭陰魂不散地追著。

他現在真的打從心底贊同豔青姐說的話，他是活得不耐煩了，才會跑來凶宅做實境拍攝，還去玩什麼「百物語」。

穆丞海連跑了好幾個樓層，在兩道樓梯之間來回穿梭。他的運動神經不錯，跑步的速度也很快，假如是平常人想徒步追殺他，要追上也還真的不容易。

只是，他再怎麼會跑，畢竟還是個人，是人就會覺得累，被對方追到只是時間早晚的問題而已。

穆丞海又回到二樓。這次，老皮早就埋伏在一旁，等到穆丞海經過後，精準地伸腳將韓綾絆倒。

「啊啊啊！對不起啊！害妳跌倒——害妳跌倒——哈哈哈哈——！」

韓綾重重地摔倒在地。她狠瞪著老皮，但老皮完全沒在怕，頂著一身盔甲在空中飄著，連金屬碰撞所發出的鏗鏗聲響，都像在嘲笑被他絆倒的韓綾。

「這麼大的一隻腳橫在那都看不到，該不會是年紀太大，老花眼了吧？」小桃側頭裝出疑惑的模樣，「也有可能看見了，但是反應不及……確實，年紀大也會讓反應變慢呢！」

韓綾變得更加憤怒。她瞪向穆丞海，誓言要將他碎屍萬段，「我要殺了你！」

等等，他什麼都沒說好嗎！

穆丞海向小桃抱怨，「妳其實早就想害我了吧？」幹嘛故意去激怒韓綾啊！

此時，林豔青也趕來了，她衝上前去將韓綾拉走，讓她遠離穆丞海。兩隻女鬼扭打起來，一時之間不相上下，但韓綾的情緒異常激動，戰鬥力不斷提升，漸漸的，林豔青也有點打不過她了。

穆丞海很焦急。他想趁豔青姐絆住韓綾的大好機會，趕快逃跑，卻因擔憂豔青姐的安危而邁不開步伐。

想加入戰局，又怕自己提供不了助力，反而連累豔青姐、要分神照看他。他轉而看向剛到的賽洛斯館長，本想開口請他幫忙，但館長卻先一步表態，「身為一名紳士，是不能和淑女動手的。」

賽洛斯館長是紳士沒錯，但此刻的韓綾可稱不上淑女。她跟林豔青互扯著頭髮，拳腳相向，精彩程度媲美職業女子格鬥大賽。

接著，徐立展也趕來了，但他和賽洛斯館長一樣，認為自己以一個男人的身分加入戰局，二打一對付韓綾有失公平。

結果徐立展忙沒幫上，還害得林豔青為了顧慮形象，動作變得保守了起來，因此節節敗退。

「拜託，你們再不出手，豔青姐就要打輸了啦！」小桃大喊，但她也只敢在一旁替林豔青加油。韓綾和林豔青的打鬥層級太高，沒有她插手的分。

終於，在林豔青被韓綾踢倒在地，一時半刻爬不起來，韓綾轉而要對穆丞海出手時，徐立展趕緊衝上前去，抓住韓綾的雙手、緊扣在她身後。

徐立展老師，我就知道您惜才，捨不得我這麼優秀的後輩太早蒙主寵召。穆丞海暫時鬆了口氣，同時納悶，「你們怎麼會知道我正在被韓綾追殺？」

「我們不知道你被追殺，但是感覺到你突然加速快跑了起來，便猜測你應該是遇到危險了，就趕過來看看。」小桃為他解惑。

「你們在我身上放了追蹤器？」

「沒事在你身上放追蹤器幹嘛！不過意義上也相差不遠。你身上那片紅色的詭異東西附有奇怪的法術，會散發一種對鬼魂來說很濃烈的氣味，不管你躲在哪裡，都可以被找出來。」

怪不得韓綾的速度沒他快，卻可以一直準確地找到他的位置。羅天白真是替她想了個好方法啊！

「所以，建議你趕快去把身體清洗乾淨吧！」

也是，不然老是被韓綾找著，再怎麼會跑都吃不消。

「好，麻煩你們先幫我擋一下韓綾，我把退燒藥拿去給子奇後，立刻去洗。」

豔青姐、徐立展老師、小桃、老皮還有賽洛斯館長，謝謝你們，要不是你們及時出現，我早就被韓綾殺掉了。

「啊……」

穆丞海離開後沒多久，陳寧房間內的方以禾突然抬頭望著四樓交誼廳的方向，發出一聲驚嘆。

是姜維瀾的氣息，如此熟悉，此時此刻卻又那麼陌生。

「維瀾、維瀾！」方以禾拚了命地呼喊，「我是以禾！你靈山上的夥伴！你有聽到我的呼喚嗎？你不記得我了嗎？」

然而回應她的，依舊是沉默。

不同的是，在姜維瀾現身後，雖然仍舊不回應方以禾，但她隱約能感覺到他外顯的情緒波動。

他聽得到她，知道她在這，只是……不願回應。

尖耳末端變得更細長，蜷曲如細根，兩條纖細手臂的肌膚不再白皙，已轉化成了硬化的樹皮。不只是方以禾身上延伸而出的藤蔓，包括綁著恰吉的枝條，都因她此時此刻的激動開出一簇簇的白色小花，整室盈滿了荔枝的清甜香。

她甩手驅動藤蔓，想在三樓與四樓間打穿一個通道，卻碰到堅固的結界，平時輕而易舉就能破壞的天花板，此時卻連個裂痕都沒出現。

就在她煩惱不知該如何是好之時，一道身影突然自天花板墜落，沉沉地摔落在陳寧房間的地板上。

是張凱能，被陳寧送出來跑腿的，要他通知大家前去赴宴。

若非屁股先著地，以這樣的摔法落下，腦袋肯定是要開花的。

他定神後，發現自己身在何處，再看見方以禾的模樣，張凱能非常沒有形象地發出一聲淒厲尖叫。

「是我，方以禾，張製作你冷靜一點。」方以禾收斂起情緒，恢復成原本的人形模樣，不慍不火的語氣起了不小的安撫作用。

「怎麼連妳也……啊——！」眼角瞄到牆上的恰吉，張凱能再次崩潰。

方以禾只好召出更多的藤蔓將恰吉捆個緊實，頗似綠色的木乃伊寶寶。「別怕，我已經控制住它了。」

張凱能這輩子受到的驚嚇都沒有今天多，他用手胡亂抹去臉上的汗珠，強迫自己不去在意恰吉的存在，「以禾，妳這是怎麼回事？」

他這個有三高慢性病的身體，沒有因這一連串的驚嚇而中風，真的是身在天上的阿嬤有保佑。

「先不談論我，張製作，你在交誼廳是否有看見一個跟我很像，身體像是被植物覆蓋的人？」

張凱能搖頭，「陳寧突然出現，她帶著當年自行投案的洋伊，還有一個跟穆丞海長得很相似的人，並沒有如妳形容的人出現。」

跟穆丞海長得很像的人？

是了，就是他，姜維瀾。

你果然現身了。

一樓的臨時總監控室內。

盯著眼前十數臺的監控螢幕，薛畢緊握著雙拳，臉色比夏天雨水豐沛的大草原還青。他高大的身軀在微微打顫，不是因為害怕，而是眼前這一幕幕科學完全無法解釋的現象，正無情地衝擊著他的神經。

假設透過螢幕看見的這些畫面，是張凱能請來臨演，趁他不注意時安排完善的好戲，那憑空出現在控制室內，穿著古代官服，手握毛筆，坐在他旁邊的桌椅前，在一本中文版的「死亡筆記本」上抄抄寫寫的人，又該如何解釋？

而這一位之所以會出現，起因是四樓進行「百物語」儀式時，薛畢不經意脫口而出的一句話。

『要是這樣就能招出神魔，那還不叫來閻羅殿的生死判官，借生死簿來瞧一瞧自己還剩幾年可活？』

然後，一百根蠟燭熄滅之時，判官就出現了。

尋常人能以這樣幾句玩笑話就觸動儀式嗎？當然不能，而且薛畢既沒有講故事，也沒吹蠟燭。

但他是薛畢薛大導演啊！次次拍戲、次次鬧鬼的體質，連「百物語」儀式本身都要禮遇他三分。

「你是不是很想知道我手上的生死簿都寫了什麼？」忙得不可開交的判官，在將手裡的工作處理到一定的進度後，開口問了薛畢。

「我比較想知道你是怎麼跑進這裡裝神弄鬼的。」薛畢吶吶地說，不願相信這人就是他召喚出來的判官。

陳家宅邸失控的第一時間，他就已經確認這個房間的門是上鎖的，不只外面的人進不來，他也因為那該死的藤蔓圍住窗戶和門而出不去。

「也是，以你的生辰八字來看，確實是不易相信這世界上有人類以外存在的性格。」判官起身，走向薛畢。他冷不防地伸手觸碰薛畢的臉頰。「罷了，你能隨口就將我這個忙到沒日沒夜的判官召來，也算是有緣。如何？能感覺得到我的手吧，這可以證明我不是靠機器立體投影出來的影像。」

說著，還捏了捏薛畢的肉。

薛畢的臉色不只是青，大概在所有色彩中都輪過一遍後，才又回到了鐵青。以薛畢年輕時混黑幫練出來的身手，當這個自稱是判官的人伸出手時，他就有絕對的餘裕能拉過對方的手，讓他吃一記過肩摔。但有一股神祕力量讓他的身體動彈不得，只能任由對方摸上他，還在臉上放肆。

「你催眠我？」

判官啞然失笑，這人真的好有趣，讓他忍不住想多逗逗他，順便報報被隨意喚來此處之仇。

「如果我探得的記憶沒錯，你曾經好奇，去找過持有執照的催眠師試驗過。但你的體質，是無法被催眠的。」

他觸碰薛畢的頭部，就是為了探取他的記憶，找些可以讓他相信世界上有鬼神的線索。想一想，如果能讓一個無神論者的價值觀毀滅，發現世界和他想像中的不同而徹底崩潰，那是多麼令人開心的事啊！

「不然就是這房內有密室或機關，你事先躲著，找好時機就出來嚇我。」

「是嗎？」

判官故意走到他出現的地方，用力踩踏地板，又原地跳了幾下，「實心的呢！沒密室也沒機關。」

「天花板。」薛畢不死心，繼續指出可能有問題的地方。

然後判官就像是要把他一擊斃命一般，在薛畢面前凌空飄起，還動來動去、揮舞雙手，證明自己身上沒有吊鋼絲。最後升至手掌勾得到天花板的高度，用指節敲著，「你聽這聲音，天花板也是實心的，沒密室也沒機關。」

薛畢無法用他的科學來解釋了，他如失敗的鬥雞，垂頭喪氣。判官解開對他的束縛後，他渾身軟綿地來到判官剛剛辦公的桌子旁，拉了張椅子坐下。

「好吧，我相信了，這世界上果然有鬼神。那生死簿可以借我看看嗎？我們的死亡日期是否都是在今晚？」

判官也在薛畢旁邊坐下，「這生死簿豈是凡人想看就能看的，正所謂天機不可洩漏。」

「你還真符合神話故事裡那些神佛的形象。講話不乾不脆，天機掛嘴邊，說著不可洩漏，又愛在人類面前到處晃，一副『我知道很多，快來問我，但是我不會回答你呦』的囂張模樣。」

「等等，召我過來的人是你，可不是我自己愛跑來人界閒晃的，別把我跟那些扭捏的神仙歸為一類，」

「是喔，誤會了你還真不好意思。不過這一屋子的混亂，你能幫忙處理一下嗎？」

撇開被他們召喚來的虛構角色，好幾個鬼都是死掉以後沒去陰間的，這應該屬於判官他們的業務範圍吧？

「這……」判官透過螢幕看了看韓綾和陳氏一家人，「反正我會來到這裡，也只是意外，還是不要沒事攬事做吧。等回去以後通報黑白兄弟，請他們再來處理就行了。」

判官吹著口哨，那副事不關己的模樣，竟讓薛畢聯想到「公務員」這三個字。

Chapter 5

比殺人魔可怕的，還有小鬼

穆丞海衝回陳寧的房間外頭，舉起手「叩叩叩」地急敲房門，「以禾，我是丞海，快讓我進去。」

沒多久，房門被打開，穆丞海趕緊進去，反身將門上鎖。

「還好嗎？」方以禾擔憂地問道。穆丞海看起來比他出去前更加狼狽了。

「出了點狀況，我的仇敵出現，剛才被追殺……」穆丞海發現房間裡多了一個人，「咦？張製作，你怎麼在這裡？」

鬼娃恰吉還被固定在牆壁上，張凱能坐在恰吉正前方的地板上，兩隻眼睛死盯著恰吉，很怕它脫身後會來攻擊他。

「你逃出來了？那麼困在交誼廳的人都逃出來了嗎？」

張凱能搖頭，「沒有人逃出來。而且我不是逃出來，是被丟出來的。」

陳寧也真夠狠，要他出來集合大家回去交誼廳，也不好好送他出來。還好是屁股先著地，肉多夠當緩衝墊，免去斷手斷腳撞壞頭的危機，但屁股還是疼死了。

「我跟你說，樓上……」

見張凱能似乎有滿腹苦水要抱怨，縱使穆丞海也很好奇四樓到底發生了什麼事，他還是先抬手制止了他。

「等等，我先餵子奇吃藥。」

穆丞海去倒水，方以禾則是來到床邊，幫忙扶著歐陽子奇坐起身。

原本蓋在歐陽子奇身上的棉被滑落，露出赤裸的身軀，穆丞海倒水回來後看到，明顯愣了一下。

「這是……你們……」他的眼神在方以禾和張凱能之間來回，「沒趁子奇昏睡的時候，對他做了什麼奇怪的事吧？」

張凱能連忙撇清，「我來的時候，他就已經沒穿衣服了。」

方以禾的身體僵了一下。

「那個……我是看他的衣服都被汗浸濕了，擔心他不舒服，於是替他把汗擦乾而已。但是一時找不到乾淨的衣服讓他換上，只好先蓋被子遮著，絕對沒有做什麼奇怪的事情，請不要誤會。」方以禾解釋，神情有些慌亂，「還有就是……很意外子奇的身材還挺好的，忍不住就多摸了幾下……」

聲音因為心虛而越變越小。

在穆丞海離開的期間，方以禾除了守住房門不讓鬼怪進入外，還拿了毛巾沾濕、敷在歐陽子奇的額上，幫助他退燒。

穆丞海臉上漾起詭異的笑容，很能理解方以禾為何會有偷摸的舉動。子奇的裸體實在太誘人，每次看到他換衣服時，自己也會有想要上去摸個兩把的衝動，「沒用手機拍照吧？」

「沒有，我沒有再做其他踰矩的事情。」方以禾狂搖頭，幾秒後恍然大悟。哎呀，她怎麼沒想到還可以拍照。

為了掩飾自己邪惡的念頭，方以禾趕緊協助穆丞海，讓歐陽子奇順利將退燒藥服下。

三個人回到房間中央，坐在地上圍成一圈。

「樓上是什麼狀況？」穆丞海問。

張凱能開始說起他們離開交誼廳後發生的事。

「……也就是說，陳寧就是造成滅門血案的主謀，我們此刻會被困在這裡，也跟她有關。」張凱能停頓了片刻，「啊！還有，為什麼會出現一個和你長得那麼像的人？你有雙胞胎兄弟嗎？」

穆丞海和方以禾交換眼神，後者對於姜維瀾和陳寧站在同一陣線感到無比擔憂。

「先別想那麼多，既然妳的同伴已經可以化為人形，相信你們一定可以再度對話的。到時妳聽他親口解釋來龍去脈，或許他有他的苦衷，不得不這麼做。」穆丞海安慰。

方以禾點頭，騷亂的心稍稍平靜了下來。

「然後你知道陳寧對王希燦說了什麼嗎？」當時張凱能雖然因為陳寧的話而陷入自責、懊悔不已，但骨子裡的八卦魂，還是讓他將感興趣的事聽得一清二楚，「原來大家以為的三角戀情都搞錯人了，你和子奇的第三者既不是夏芙蓉，也不是茱麗亞·艾妮絲頓，而是王希燦！」

穆丞海嘴角一陣抽搐，「並不是你想的那樣！」

「丞海，殷大師還傳了個訊息出來。」

方以禾把殷天師藉著張凱能帶出來的紙條交給穆丞海。

查出是誰設立了屋外結界，我們或許能向對方求救。

求救？

「這意思是，連殷大師都對目前的狀況無能為力了？」穆丞海十分詫異，在他心中，殷天師向來是無所不能的存在。

「張製作，你請來的天師們，還有誰是真正有實力的嗎？像羅……」羅天白就別提了，他不幫著韓綾弄死他就不錯了。至於趙老師有幾根毛，他也知道。

「江上人呢？盧仙姑呢？」穆丞海問著。

因為張製作適才的解說，他已經了解屋外結界有多強大了，但要如何找出是誰設立了結界，他倒是半點頭緒也沒有。如果子奇還清醒著就好了，他的聰明腦袋總能很快就想出解決辦法，而他暫時能想到的，還是只有依靠天師們的能力。

「根據以往錄製節目時的表現來看嘛……」張凱能撫著下顎，努力思考，「撇開我第一次接觸的殷天師和偽裝成弱者的羅修士，江上人應該是最強的，但是他們在樓上被陳寧封印了靈力。對了！盧仙姑呢？她不是跟著你們一起出來了嗎？」

他們從四樓開始往下移動後，穆丞海就沒有在注意盧仙姑的動向了。他看向方以禾，對方聳肩表示自己也不清楚。

「我們逃出交誼廳不久後，就走散了。」穆丞海回答張凱能。

「你別看盧仙姑那樣，她可是有點實力的，在參加靈異節目的天師中，盧仙姑所屬的門派也是歷史最悠久的。據說她擅長封魔，我記得幾年前她發跡的事件，就是替某個知名的建築工地封住作祟的魔物。」

「那現在的盧仙姑怎麼會……」跟趙老師一樣變成綜藝咖？

穆丞海撓撓額角，腦中浮現廚房裡食材打棒球的歡樂畫面。

「唉，這也不好怪她，畢竟擅長驅魔的女孩子不容易有桃花，同道中的異性不是江上人那種怪裡怪氣的人，更大部分是趙老師那種騙吃騙喝的半調子。再說，法術越厲害，越是容易讓一般人懼怕，但廚藝好卻可以吸引很多愛慕者。你想想，盧仙姑這年紀也是老大不小的了。」

原來如此，這麼說來盧仙姑也是過得挺辛苦的。

「那我們可以期待盧仙姑找出設立屋外結界的人嗎？」

「希望囉。」

張凱能身為節目的總製作，理應是最能掌控局勢的人，但拍個節目、拍到房子中間突然長出一棵千年神木的情況，你有見過嗎？樹底下不爬螞蟻、而是爬滿白骨，這夠稀奇吧？走廊上人們不走，走的是群魔亂舞的鬼怪，夠歡樂齁？唉呦，他的小心臟啊！

躺在床上休息的歐陽子奇發出痛苦的沉吟，穆丞海結束這邊的對談，急忙來到床邊。

他半跪在地，伸手覆上歐陽子奇的額頭。

「怎麼還是這麼燙？」穆丞海皺眉。

「別急，藥才剛服下，需要一點時間產生藥效。」方以禾安撫著，同時替歐陽子奇換上一條冰涼的毛巾。

穆丞海看了藥盒上刻意放大的廣告字樣一眼，輕嘖了聲，「還敢標榜藥效快。」

歐陽子奇沾到床後，就再也沒有睜開眼睛，連方以禾替他擦拭汗水，穆丞海拿退燒藥給他服下，眼皮都沒有掀開。可見他的體力早已透支，身體也不舒服到了極點。

穆丞海擔憂地看著他熟睡的臉龐。過長的瀏海有些濕潤，貼伏在額上，與長密的睫毛交疊在一起。穆丞海小心翼翼地把瀏海撥開，俊俏的臉看起來有些清瘦，薄唇因缺乏水分而微微乾裂。

這可不好，如果裂出傷口會很疼的。

一時半刻也找不到棉花棒，穆丞海乾脆直接用手指頭沾水，抹在歐陽子奇的唇上，動作輕柔。

穆丞海很自責，如果他沒有找子奇來參加實境拍攝就好了。

歐陽子奇的呼吸很淺，胸膛幾乎快看不見起伏。

不只穆丞海擔心他的狀況，一旁的方以禾也同樣憂慮。

「丞海，你是不是該幫子奇做一下CPR？不知道做了以後，他會不會變得好一點？」

「CPR？」穆丞海沒記錯的話，那是要在沒有呼吸心跳的緊急狀況下，才需要使用的吧？

「反正你應該很習慣跟子奇接吻了，不會介意和他唇碰唇，對吧？」方以禾說著，臉龐染上一抹紅暈。

不太妙，似乎有一股專屬於腐女的特有磁場正在運轉。

「為什麼這樣說？」

「我之前問小芹，大家在看琴房的攝像畫面時，到底在鼓譟什麼。她告訴我，你們可能是一對戀人。」胡芹當時在向她解釋的時候，整個人很激動興奮。方以禾聽完後，不知道為什麼，自己也能感受到和胡芹相同的雀躍。人類果然是一種很奇妙的生物，他們自身的情緒可以像病毒一樣，感染給不同的物種。

穆丞海感覺額上要出現三條線了。現在是全世界都覺得他跟子奇在一起了嗎？如果有幸能從宅邸內逃出去，等到拍攝畫面被播出後，他是不是就要跟子奇開個記者會，直接公布婚訊了？

「妳別聽小芹亂說。」他困窘地低下頭，嗅到了自己衣服上的味道，是不明紅漬加上汗水的氣味，此刻的他實在是難聞極了。

陳寧的房間也不是什麼安全的地方，他還是趕快去把身上的紅漬洗掉，免得再次引來韓綾。以她的邏輯，要讓靳騰遠痛苦，就要先對付他最重視的兒子穆丞海。那要對付穆丞海，豈不是要從他最重要的朋友歐陽子奇下手嗎？

絕對不能讓這種事情發生。

「我先去沖個澡。」穆丞海起身，往陳寧房間的浴室走去，走了幾步又停下來，「算了，在這裡洗完也沒乾淨的衣服可換，我還是回自己的房間洗好了，順便帶一些子奇的衣服來給他穿。」

「能麻煩妳再幫我照顧一下子奇嗎？」

方以禾點頭，腦海裡不受控地想起可以用手機拍照這件事。

「張製作，你真的要去叫回大家嗎？」

張凱能有些為難，他痛苦地揪著臉，「能夠不叫嗎？」

他當然是百般不願，但這裡是陳寧的主場，他不知道忤逆了陳寧之後會有什麼後果，他不敢賭。

「那你跟我一起走吧。」

穆丞海回到二樓的房間洗澡，張凱能則開始一個挨著一個房間，找尋著躲藏起來的工作夥伴。

『寧姊姊，妳為什麼要壓著小佑的頭？

『小佑好難過，不能呼吸……胸口好痛！』

『再等一會兒就好了……

『再等一會兒，我們全家人就能永遠在一起了。』

不知道過了多久，寧姊姊的聲音淡去，胸口的疼痛也漸漸舒緩，四肢軟綿綿地沒有力氣，只能漂浮著。

就像還沒出生以前，還待在媽媽肚子裡那時一樣舒服。

好舒服……

陳佑猛然抬起頭，激起水花。他眨眨眼，感覺嘴裡嘗到的水是甜的。

他低頭看著大型浴缸裡五彩繽紛的水，可以在棒棒糖池裡游泳，真好。

他又開心地把頭埋入水中，肥短的小手划啊划的。游到累了，就喝幾口甜甜的水，馬上就能恢復力氣。

咦？外頭有聲音。

他想起來了，是來幫他整理房間的阿姨。

他爬出浴缸，等不及先擦乾身體，就渾身溼答答地跑出浴室。

今天又是不同的打掃阿姨呢！

吸塵器運轉的聲音蓋過他的腳步聲，小腳在地磚上踏出一個又一個的印子。

他躡手躡腳地來到清潔人員的背後，小小的身軀高度只到達對方的大腿，他踮起腳尖伸出手，拉住對方的衣角。

「陪我玩，好不好？」

清潔人員身體一僵，緩緩地低下頭。她一看到陳佑，立刻露出驚恐的表情、放聲尖叫，拔腿就跑，吸塵器就這樣被丟在了房間裡。

「嘻嘻……好好玩。」他來到窗邊，看著打掃阿姨一路尖叫著跑出他們家的大門，途中還跌了一跤。

以前他只要拉住大人的衣角、抬起頭，他們就會笑著搓揉他的臉頰，稱讚他長得很可愛。曾幾何時，被他拉住衣角的大人看見他，變成只會崩潰尖叫、落荒而逃，難道是他變得不可愛了嗎？

不過那些大人跌跌撞撞的樣子好像卡通裡的人物，真有趣。

陳佑聽見媽媽的叫喚聲從樓下傳來，高興地往一樓飯廳的方向跑去。

「小佑！吃飯囉！」

每次打掃阿姨來的時候，媽媽就會進廚房，煮一頓很豐盛的大餐，還會有一堆他最喜歡吃的甜點。所以他喜歡打掃阿姨，希望她們每天都來。

陳佑爬到自己的座位上坐著，兩隻小短腿在椅子邊緣晃啊晃的，他看著已經到齊的家人。長型的餐桌旁，爺爺坐在短邊的主位上，邊喝湯邊看報紙，爸爸和媽媽則坐在爺爺的左右手邊，隔著餐桌，有說有笑。

他喜歡最近的媽媽。

以前吃飯時，媽媽總是會為自己另外準備一份特餐，不跟他們一起吃飯。寧姊姊告訴他，媽媽是為了維持身材才會吃減肥餐的。他吵著想吃跟媽媽一樣的食物，但是大家都說他還在長大，營養不夠會長不高。

現在媽媽就會和他們一起吃飯，真好。

爸爸的旁邊坐著靜姊姊，她總是那麼溫柔婉約，吃飯時細嚼慢嚥。靜姊姊對他和寧姊姊超好的，他們有什麼願望，靜姊姊都會幫他們實現。他長大之後也想娶靜姊姊這樣的女生。

陳佑吃了一口麥噹噹的冰炫風，發出滿足的讚嘆。以前爸爸媽媽對他吃什麼都有嚴格的規定，像是小孩子不能吃巧克力，要先吃正餐才能吃甜點，但是現在什麼都不要求，他想吃什麼就吃什麼，最喜歡這樣的生活了，真是太幸福了。

他尤其喜歡寧姊姊，她總是有許多不可思議的點子，還會陪他玩各種遊戲。不過寧姊姊有個祕密沒有告訴他，就是她有時候會消失在房間的櫃子裡，他想知道櫃子裡有什麼，但是寧姊姊總是不肯說。

沒關係，等他長大，總有一天會想到能進去的辦法的。

陳佑分心地吃著碗裡的食物，抬頭看向窗外。一道黑影吸引了他的日光，他拉了拉坐在旁邊的陳寧。

「寧姊姊，外面有黑影，小佑害怕。那是鬼嗎？」

陳寧聞言，向窗外望去，臉上立即露出欣喜的笑容，「小佑別怕，那是洋伊哥哥。」

「洋伊哥哥要進來跟我們一起吃飯嗎？」聽到是武術很厲害的洋伊哥哥，陳佑放下心，恐懼的情緒立刻轉為崇拜。

「不行，寧姊姊說過爸爸不喜歡洋伊哥哥，所以洋伊哥哥不能進來跟我們一起吃飯，爸爸會生氣的。」

「喔。」小小的臉蛋露出失望表情。

吃完飯後，陳佑回到自己的房間，又泡進他的大浴缸裡練習游泳。這樣的生活已經持續了多久呢？日復一日，雖然每天和家人在一起很開心，但總覺得好像少了些什麼……

打掃的阿姨越來越少來了。

家裡也沒有爸爸跟媽媽的朋友來拜訪。

爺爺也不外出跟朋友下棋了。

靜姊姊總是望著窗外嘆息。

好像只有寧姊姊過得特別開心，每天彈著琴，等待偶爾出現的洋伊哥哥。

陳佑將頭埋入水中，練習潛水。他好像聽到有人進入浴室的聲音……

穆丞海再度回到房間時，房門是開著的，喵控和紅心Q已經不見了蹤影。

無法分心去擔憂她們的安危，穆丞海快步走進浴室，脫掉染滿紅漬的衣服、丟置在一旁。他扭開水龍頭，讓溫熱的水透過蓮蓬頭灑在自己身上，雖然現在宅邸裡到處鬧鬼，但能在這個時候沖澡，還是覺得很舒服。

「大哥哥，你身上好甜喔！」

有人在說話？蓮蓬頭的水持續「嘩啦嘩啦」地流著，水聲讓穆丞海聽得不是很清楚。

等等，好像有人在摸他的身體。

穆丞海轉頭，看到浴缸不知何時放滿了水，一個小男孩以仰躺的姿勢漂在浴缸裡，短小的手指觸碰著他的腿，沾著被他沖洗掉的紅色液體，放進嘴裡品嘗。

「好甜，好像棒棒糖。」渾圓的大眼睛看向穆丞海，「我知道了，大哥哥你是棒棒糖人對不對？」

棒棒糖人是什麼鬼？那小鬼渴望的眼神……不會是想把他當成棒棒糖吃了吧？

穆丞海加快沖洗速度，「地板上還有一點，如果你喜歡吃，都給你。」

穆丞海安撫地說著，希望能夠轉移小鬼的注意力。

陳佑並沒有真的趴到地上去舔那些羅天白製造的液體，他依舊泡在浴缸裡，手忙腳亂地划著他自己發明的游泳姿勢。

「最近家裡好熱鬧，很久沒有這麼多人來了。」

穆丞海沖洗完畢，他抓了條浴巾擦拭身體後，圍住下半身，快步走出浴室，從行李中翻出乾淨的衣服穿上。

陳佑也「嘩啦」一聲地從浴缸裡站起來，好奇地跟了出來。

「你是這個家的小孩？」穆丞海看著陳佑，感覺他並無惡意，於是回想著他的夢境跟胡芹提供的資料，「你叫陳佑，對嗎？」

「你知道我的名字?!你是我那一池棒棒糖水變成的精靈嗎？」陳佑覺得很開

心，小臉上滿是期待。

穆丞海含糊地笑了笑，「小佑，我們來玩個遊戲好嗎？我問你問題，你如果答對，就可以得一分，達到十分之後，大哥哥會送你一份禮物。要玩嗎？」

他搬出在育幼院時和年紀小的孩子們玩耍的招式。

「好！我喜歡玩遊戲。」

殷大師希望能找出在屋外設立結界的人，長年居住在這棟屋子裡的陳家人或許會知道。但不管是陳家媽媽還是陳寧，兩個都很凶猛，看來看去，似乎就只有年紀最小的陳佑比較不具有攻擊性。

「第一個問題，小佑知道屋子外面有結界嗎？」

「結界？」陳佑微揚著頭，手指在嘴唇上敲啊敲的，努力在他的小腦袋瓜裡搜尋著相關資訊。

「結界就是……屋子外面圍著一面看不見的牆，無法進出之類的……」穆丞海換個方式解釋，試圖讓小孩也能理解。

「我知道結界！」陳佑突然大叫。

這真是出乎穆丞海意料，他用眼神鼓勵著陳佑繼續說下去。

「我記得有一天，爺爺和爸爸在書房裡跟一個人說話，他們有提到『結界』。那個人說他在屋子外面設下了『結界』，用來保護我們。我會記得這件事，是因為『結界』和『姊姊』聽起來很像。

「我後來跑去問靜姊姊，我們家裡是不是要多一個姊姊了，但是靜姊姊說那是『結界』，就像一面看不見的牆，以後我們就無法出去了。跟大哥哥你說的一樣耶！我答對了嗎？」

意外的收穫讓穆丞海喜出望外，想要挖掘更多，「恭喜小佑得一分！

「第二個問題，小佑認識那個在書房裡和爸爸、爺爺說話的人嗎？」

可惜陳佑搖頭，「好像有看過，但是我不知道他是誰。」

小小身軀走近穆丞海，伸出手拉拉他的衣角，抬起頭。

穆丞海低頭，疑惑地看著陳佑。

哇，這個大哥哥長得好高喔，而且他沒有尖叫逃跑耶。

「怎麼了嗎？」穆丞海反射性地輕拍陳佑的臉頰，接著像對待育幼院的小孩一樣，開始不安分地搓揉，軟軟的肉感讓人愛不釋手。

陳佑發出咯咯笑聲，已經好久沒有人這樣摸他的臉頰了，他喜歡這個大哥哥。

「大哥哥，我跟你說喔，我還發現一件事情。爺爺和爸爸很奇怪，他們好像很喜歡那個在書房裡說要立『結界』的人，他來過我們家好幾次，可是每次爺爺和爸爸都不邀他一起來跟我們吃飯，明明爺爺和爸爸都很喜歡熱鬧跟接待客人，你說是不是很奇怪？」

「這是發生在你們……」去世之前還是之後？穆丞海問不出口，只能把話吞下去。

陳佑的外貌看起來很詭異，跟一般正常小孩明顯不同，但他的表情是那麼得天真無邪，穆丞海甚至不確定他是不是知道自己已經死掉了。如果陳佑以為自己還活著，自己卻告訴他死訊，也未免太殘忍了，他做不到。

「小佑，剩下的遊戲我們待會再玩好嗎？等一下你媽媽要在宴會廳招待大家，你是不是也該去換衣服，打扮一下了？」

「好。」陳佑乖巧地點頭，「待會見。」

接著就「啪噠啪噠」地跑回浴室。

穆丞海走到斜對面歐陽子奇的房間，迅速抓了幾件衣服。但是當他跑回子奇休息的房間時，發現門是開著的，房間裡頭也空無一人。

噹——

響徹宅邸的鐘聲響起，是陳寧說的集合時間到了。

「難道大家真的都去交誼廳了？」

Chapter 6

有些宴會就像鴻門宴，作客時請慎選主人家

噹——

不論是人類，還是被「百物語」儀式召喚出來的鬼怪，也不管心裡是願意或不願意，當鐘聲響起、迴盪在整個空間時，有一股強大且無法抗拒的力量出現，驅使宅邸裡的大家往四樓的交誼廳走去。

穆丞海故意停駐在陳寧房間內，閉起眼眸、試著去抵抗那股力量。他一告訴自己別去，頓時就感覺到好像有一雙無形的手撫上他全身，帶來濕滑黏膩的不舒適感，令他雞皮疙瘩四起、寒毛直豎，雙腳更是不受控地想要移動。結果他拚命努力也只堅持了五分鐘左右。

抵達四樓交誼廳時，穆丞海驚訝地發現，此刻的交誼廳已經不是被「紅顏狂」破壞後的模樣了。

這裡被布置成金黃和米白為主色調的華麗模樣，中央擺著兩張放有銀製餐盤的長桌，周圍還有好幾張圓桌，供賓客們坐著休息。每張桌子上都放了許多造型典雅的燭臺，蠟燭散發出柔和的光線。四處有白色絢麗的花朵點綴，整個空間還縈繞著香氣跟悅耳的古典樂聲。

整個廳室容納超過百位的人類與鬼怪，卻還不覺得擁擠。

見張凱能和方以禾站在入口處附近，穆丞海快步朝他們走去。

「天啊，交誼廳原本有這麼大嗎？」簡直壯觀到讓人嘆為觀止。

「這裡已經不是原本的空間了。」方以禾回答。她可以感受到這裡有姜維瀾的氣息，是他幫助陳寧製造出這個空間的嗎？

「子奇呢？」穆丞海以為歐陽子奇會跟方以禾他們在一起，但他卻不在方以禾的身邊，剛才快速掃過交誼廳時亦不見他的蹤影。

「抱歉。」方以禾低下頭，聲音裡充斥著濃濃的自責，「我沒有照顧好子奇。」

稍早，就在穆丞海離開後不久，一道黑影竄入了陳寧的房間，渾身散發出邪惡的氣息，就連鬼娃恰吉見到都瑟瑟發抖。方以禾想要對抗他卻敵不過，黑影將床上的歐陽子奇捲起，然後就不見了蹤影。

「那道黑影，就是幫助陳寧殺害全家的洋伊。」張凱能在一旁激動地補充。洋伊闖入時，他都快嚇死了，深怕自己會壯烈犧牲。

穆丞海聽完，差點崩潰，「殷大師知道這件事嗎？」

張凱能點點頭，「我一來交誼廳就告訴殷大師了，但是所有的天師在這個空間裡，都無法使用靈力，就連後來才進入的盧仙姑也一樣。」

「我要去找子奇。」穆丞海轉頭想走出交誼廳。

「出不去的。」方以禾拉住穆丞海的手，搖了搖頭，「殷大師已經試過了。這個空間被封印住，只能進來，無法離開。」

穆丞海痛苦地抓撓著自己的頭髮，這種只能任憑宰割的情況真的很不好受啊！

交誼廳的燈光突然起了變化，陳家爺爺杵著拐杖出現在會場中央，脖子處圍著一條不符合時節的厚圍巾，想來是為了遮掩脖子上的傷口用的。「歡迎蒞臨寒舍，陳家已經很久沒有這麼熱鬧的場面了。今晚，就讓我們以累積了十幾年的熱情，來好好款待各位。」

被召喚出來的鬼怪們報以熱烈的掌聲，人與非人在這個宴會場上明顯分成了兩個群體。前者面露懼色，盡可能把自己縮在安全的角落裡，後者則是投入其中，非常享受這個宴會。

穆丞海瞧見薛畢，他臉色鐵青地站在一根柱子前，表情像是看到滿屋子的大便一樣，以往認知的世界觀正在逐漸崩壞。不過他的外表看起來完好無缺，這著實讓穆丞海鬆了口氣。

陳家主人陳則民站在父親身後，身著日本古代武士服，穆丞海忍不住盯著他的腹部，總覺得纏著腰帶的地方隨時會流出內臟。

等到陳家爺爺致詞完畢，陳家女主人劉湘潔示意傭人們開始上菜，姣好的身材穿上合身旗袍，選美冠軍果非浪得虛名。但她低頭看著自己的手臂，露出不滿意的表情，順手就將上臂的肉捏掉了一些。穆丞海這才注意到，她的四肢是由許多塊碎肉組成的，他想起夢中看見劉湘潔被分屍的畫面。

而陳靜則是穿著一襲水藍色的晚禮服，站在宴會場中的一架黑色鋼琴旁。遺傳自母親容貌的她成為全場最美，鋼琴的黑將她膚色的白皙襯托得更加透亮，氣質無比出眾。

陳家人基本上都到齊了，除了陳寧和陳佑。

十幾位傭人從準備室內列隊走出，將手裡的食物放置在長桌的餐盤上，每一道端上桌的佳餚看起來都十分美味、香氣四溢，但只有被召出的鬼怪們敢上前去享用。陳寧說過希望大家都能死在這個宅邸裡，深怕這些菜被下毒，所以人類們根本不敢食用。

另一角，被歐陽子奇所召喚出來的殺人魔們，跟鬼娃恰吉友好地圍著圓桌而坐，桌面上正展開著激烈的牌局。

第一輪結束，是「十三號星期五」的傑森·沃爾西斯輸了，其他殺人魔興奮地把他綁到旁邊的檯子上。恰吉率先跳到他身上，朝大腿刺上一刀，另外兩個殺人魔接著拿出電鋸，將他的雙手鋸斷。過程中傑森·沃爾西斯不但沒有哀嚎，甚至發出了爽快的狂笑。

感覺刺激與開心的不只有玩遊戲的那幫鬼怪，遠處喵控和紅心Q，身上依舊披掛著在穆丞海房間裡取來的白色床單，兩眼直盯著血肉模糊的行刑檯，終於完成了看殺人魔互殺的心願。

傑森·沃爾西斯遭受來自電鋸與刀子的各種切割，但是當他坐起身時，那些傷口就全都不見了。大夥兒又開心地回到圓桌繼續牌局，穆丞海不禁猜測，其實這些殺人魔們都同時具有S和M的特質嗎？

一股充滿惡意的視線朝穆丞海投來，他回頭望，發現這股視線來自韓綾。在陳家的主場中，她似乎也受到那股無形力量的壓制，無法衝上前來取他性命，只能瞪著他，以宣洩心中的恨意。

羅天白坐在韓綾旁邊，臉上泛著紅暈，散發著彷彿見到了初戀情人般的氛圍。穆丞海第一次看見那樣的羅天白，他不再一心想著要替韓綾報仇，表情既沒有算計，也沒有怨恨，眼裡只裝著心愛的人。

這時，殷大師、王希燦和盧仙姑朝穆丞海他們走來。

穆丞海總覺得有哪裡不對勁。

啊！怎麼沒看見豔青姐他們？

「殷大師，你有看見豔青姐跟徐立展老師嗎？他們也被召喚過來了。剛才我被韓綾攻擊，就是他們幫我阻擋的。」

「徐立展？」其他鬼魂盧仙姑不認識，但是一代歌神徐立展卻是廣為人知的，盧仙姑露出疑惑的表情，「他們不是跟你在一起嗎？」

「原本是，不過後來我與他們分開，回房間拿退燒藥給子奇，接著又去把我身上的紅漬清洗乾淨……」

「不、不是。」盧仙姑搖頭，「我是在進來會場前，在交誼廳外的走廊上看見徐立展、還有一群鬼怪的，他們跟你在一起，而且還打打鬧鬧的。」

那不過是一、兩分鐘前的事，絕對不夠穆丞海去拿藥梳洗的……盧仙姑突然發現，「咦？你的衣服怎麼換了？我看見你剛才還穿著古裝……」

「他們可能是遇到維瀾，誤以為是你了。」方以禾猜測。

糟糕，豔青姐他們不會跟子奇一樣，也被挾持了吧？

「以禾，妳還是無法跟姜維瀾溝通嗎？」

「心靈上無法，只能靠實際見面來交談了。這個空間內充滿了維瀾的氣息，應該是他幫助陳寧，將我們困在這裡的。我有預感，之後很快就會跟他碰面的。」

姜維瀾如此造成大家的困擾，方以禾依舊覺得很過意不去。同伴犯的錯，就如她自己犯的錯一樣。

「殷大師，我問到了一些有關外圍結界的事情。」穆丞海將他從陳佑那裡打探到的，一五一十地告訴殷大師。

殷大師還在思索穆丞海給他的線索，交誼廳的門就突然被打了開來。陳寧和陳佑手牽著手，走了進來，兩個小朋友穿著正式的禮服，吸引了眾人的目光。而陳寧身後跟著兩個身形頎長的人，他們的出現震驚了不少人。

「有兩個穆丞海？」盧仙姑的目光在穆丞海和姜維瀾之間來回。

「可惡，子奇為什麼會跟陳寧站在一起！」穆丞海哀號。

「MAX和陳寧？」這個配對她無法接受啊！喵控深吸了一口氣，覺得自己的過度換氣症快發作了。

胡芹和紅心Q趕緊安撫她，「冷靜、冷靜，只是和穆丞海長得像的人而已。妳看，穆丞海跟殷大師他們在一起呢！」

「那歐陽子奇呢？」

……胡芹陷入沉默。

陳佑一眼就看見了穆丞海，他立刻鬆開陳寧的手，開心地向他跑來。

穆丞海對上陳寧的眼神，彼此都在為自己最親密的人竟然站在對方旁邊而感到不爽。一番較勁之後，他們同時將眼神別開。穆丞海將視線投到陳寧身後的歐陽子奇身上，陳寧則是看向興高采烈的陳佑，神情若有所思。

陳佑拉住穆丞海的褲管，左右搖晃，「棒棒糖哥哥，你看我，快看我！」他炫耀地轉了個圈，「小佑穿這樣好看嗎？是寧姊姊幫小佑打扮的喔！」

小小身軀穿著襯衫跟吊帶褲，還戴了個紅色的領結。

「很好看喔，小佑。」穆丞海收回目光，揉揉他的頭髮，「寧姊姊很疼你對吧？」

「嗯。」陳佑點頭。

「那你可以告訴棒棒糖哥哥，為什麼那個穿著黑色西裝的男生會跟寧姊姊走在一起嗎？」

歐陽子奇換了身酷帥的西裝，也一掃早先的疲態，如護花使者一般站在陳寧身後。

「那是洋伊哥哥，是寧姊姊的好朋友喔。」

洋伊?!

穆丞海和殷大師對望一眼。不是吧，子奇又被附身了？

「看來洋伊的魂魄，是在結界啟動前硬闖入宅邸的，無法維持太久的時間。

附上子奇的身體多少可以穩定狀態，不至於被結界反噬，灰飛煙滅。」殷大師低語。

陳寧走去和媽媽交談了幾句後，來到會場中央，「各位，為了表達我們陳家的感謝，待會就由我為大家彈奏幾首鋼琴演奏曲，而我的同伴姜維瀾，也會吹奏失傳已久的古笛與我合奏。」

當陳寧提到「同伴」時，姜維瀾不自在的細微表情再度被王希燦捕捉到。他並不清楚姜維瀾和陳寧成為同伴的過程，但他很篤定，姜維瀾並不喜歡陳寧將他稱作是同伴。

「好耶！維瀾哥哥要吹笛子！」陳佑鼓掌歡呼，「維瀾哥哥很厲害呦！寧姊姊說，我們家會變成好玩的樂園，都是靠維瀾哥哥的幫忙。我要去最前面聽演奏了，棒棒糖哥哥你要一起來嗎？」

穆丞海搖頭，「哥哥還有事情要處理。」

「好，那我去囉，棒棒糖哥哥待會見。」陳佑乖巧地不再繼續打擾穆丞海，踏著愉快的步伐離開他們，往鋼琴的方向靠近。

方以禾擰眉，目光纏著姜維瀾不放，心裡有千頭萬緒跑過。

維瀾，你已經是別人的同伴了嗎？

「或許並不是妳想的那樣。」王希燦靠到方以禾旁邊說。

「什麼意思？」

王希燦並不打算多做解釋，姜維瀾的心思也只是他的猜測，只是他向來對捕捉他人情緒很有自信。話說至此，剩下的只能靠她自己體會，比起方以禾，他更關心現在露出與她相似表情的另一人。

「你的表情很像丈夫被搶的怨婦。」

穆丞海翻了個白眼，他確實是很氣陳寧不顧歐陽子奇的身體健康，直接讓洋伊附身，但王希燦的說法真的很討人厭。

「我聽張製作說了你們在四樓的事情。」他回損，「如果真如陳寧說的那樣，我其實也不介意三人行啦！畢竟你跟子奇比較早認識，我算是後來奪愛的那個。」

「謝謝你的大方喔。」他們的關係被說得如此曖昧，王希燦差點笑岔了氣，對穆丞海的喜歡也更增加了一點。「現在最重要的是把子奇搶回來。」

「沒錯。」真正的敵人是陳寧，他和王希燦算是在同一條船上的人。

但是，該怎麼做呢？穆丞海一點頭緒都沒有。

「其實，我有一個不需要動用靈力，就可以封印鬼怪的方法。」盧仙姑加入他們的對談。

她取來一張餐巾紙，撕成小塊狀，並在上頭畫上符咒，再將一支原子筆的筆芯抽出，把薄薄的符咒捲在筆芯上，重新塞入原子筆的外殼內。「如果能夠直接封印住控制這個空間的姜維瀾，那會是最好的情況。但這個封印術是單純用『言』的力量驅動的，效用沒有強大到可以封印住一棵千年靈樹。我們或許可以先試著將始作俑者的陳寧封印，再來想辦法。」

「怎麼進行？」

「很簡單，將這支筆插入陳寧的眉心，同時喊她的名字即可。」

……眾人面面相覷，一點都不簡單好嗎！

陳寧周圍有姜維瀾、有被洋伊附身的歐陽子奇，就算他們都不出手保護陳寧，這宴會廳內還有陳家人啊！有許多鬼怪會在原子筆插入陳寧眉心之前，就先殺了要對陳寧不利的人。

「這符咒真的有用？」為了顧及盧仙姑的顏面，穆丞海小聲詢問殷大師。

殷大師搖頭，表示他也不知道，「各門有各門的獨門法術，我並非每個都懂。這個咒術我沒見過，無法知曉它有用與否。」

就算這個符咒有用……

「誰去？」

就在這時，王希燦用手肘輕輕撞了穆丞海一下，眼神示意他看向鋼琴的方向。

噢！天啊，陳寧跟歐陽子奇要接吻了！雖然實際上吻的人是洋伊，但用的是子奇的身體耶！

穆丞海心裡一急，一把抓過盧仙姑做的封印筆，「我去！」

他朝著陳寧奔去。方以禾亦下定決心，跟了上去。

「欸～等等！等等！你們別急，先等等……」穆丞海飛奔至陳寧面前，硬是把陳寧和歐陽子奇分開。趁她還未反應過來，穆丞海鼓起勇氣抓住陳寧的手，往會場裡的一間小休憩室跑去，「我們協商一下。」

被洋伊附身的歐陽子奇立即跟了過去，姜維瀾也要動身，卻被方以禾喊住。

「維瀾！我們聊聊好嗎？」

那語氣幾近哀求，讓不想面對她的姜維瀾停頓。

姜維瀾深吸一口氣。沒錯，他不想跟方以禾有所接觸，從她踏進陳家宅邸開始，他就刻意封閉自己，不去感知她的存在，明知她在不斷呼喚著他，卻仍然沉默不應。

「沒什麼好聊的。」他冷語。

他邁開步伐準備離去，方以禾情急之下抓住了他的手。就在觸碰到的那瞬間，彼此幾百年來的記憶，透過靈魂傳遞到了對方身上。

方以禾看見姜維瀾被人類帶走的那一天，他徬徨無助、張望四周，企盼她能及時出現。在人類宮殿裡，他被法師封印，被當作異類觀賞。嬪妃們恣意從他身上奪取靈力以維持美貌，又在遭到反噬後，將他視為妖物。

後來，名為除去惡靈的儀式，人類在他身上點火，姜維瀾淒厲的慘叫彷彿在她耳畔響起。方以禾心如刀割、自責懊悔。她不該離開他身邊，跑去遊山玩水的。

他耗盡靈力，被人類丟棄，垂死中依舊每天呼喚著她的名字，然而她並沒有出現。姜維瀾載浮載沉了許多年，在他最虛弱、幾乎要死去的時候，是陳寧將他帶了回來、餵養他，讓他可以活過來。雖然用的方式絕非正道，但至少是救活了他。

「對不起、對不起……我來得太晚了……」她低語，淚水止不住滑落。

「真的太晚了。」

他的眼神中有怨，或許不全然是在怨她，還有怨命運對自己的捉弄。

姜維瀾的記憶回到他們最後相見的那一天，那也是他第一次成功化人，只是維持了不到一分鐘的時間，就又變回樹型，無法恣意移動。方以禾說他化成的人型很好看，並且開心地告訴他，她這次要去一個很遠的地方，希望回來之後，他已經能掌握住化人的訣竅了。

自從方以禾在可以化人之後，到處遊歷就成為了她的興趣，當時他還期待著自己有一天能和她一同前往。

從方以禾的記憶裡，他看見在他受盡折磨的這段期間內，方以禾踏足了許多地方，過得充實又愉快，他的埋怨又更深了。但至少她心裡還惦記著他，看見美麗壯闊的景致，遇到有趣的人、事、物，她都想著，如果他能在這裡就好了。

當回到靈山發現他不見蹤影時，她著急地到處尋找，靈山上的其他生物告訴她，他被人類帶走，不知去向。看見她在靈山撕心裂肺哭喊的模樣，姜維瀾竟然產生了一絲心疼。

她潛入宮殿、設法救他出宮，卻被法師重傷，還傷得幾乎無法維持人型，不得已只好退回靈山修息，卻因此錯過他被逐出皇宮的那一刻。

等到方以禾傷好之後，她也沒有棄他於不顧，依舊在人界四處遊走尋跡。

此時此刻，姜維瀾終於清楚地感受到，方以禾在意他。

他的嘴角揚起了一抹淡到連自己都沒有發覺的微笑。

反觀他自己，他是不是太苛求了？姜維瀾先入為主地認定，方以禾該為他所遭遇到的一切不幸負起責任，但她實際上根本沒有義務要幫他啊！

這也是姜維瀾在和人類相處之後才了解到的道理，原來同類並非一定要互相幫助。互相「競爭」，彼此爭權奪利，勾心鬥角，互相陷害，這更可能是同類間的關係。

姜維瀾覺得心煩意亂。

陳寧救了他的性命，他回報了她認為的「永恆」給陳寧，雖然陳寧總稱他為同伴，但他聽到同伴這個詞的時候，第一個想到的卻是方以禾。

望著方以禾澄澈愧疚的眼眸，姜維瀾心裡一緊。

他是不是，真的做錯了一些事情……

穆丞海抓著陳寧的手，進入休憩室。他正想把門上鎖、阻止其他人或鬼進來妨礙他封印時，被洋伊附身的歐陽子奇就快他一步進入房內，還順手把門給鎖上了。

噢！真是謝謝你喔。

此刻的歐陽子奇很嚇人，那雙令人不寒而慄的眼睛隱含著怒氣，直盯著穆丞海，表情冷酷到像是什麼事都做得出來。

那絕對不是穆丞海所熟識的歐陽子奇，只是有著他外表的另外一個人罷了。

整室壓迫的氣氛讓穆丞海好想打退堂鼓。

「子奇……」他的右手伸進褲子口袋內，緊握住從盧仙姑那裡得來的筆，穆丞海不放棄地呼喊，「子奇，你醒一醒！」

子奇平常人是很好，但要是真的耍起狠來也是挺嚇人的，更不用說現在他被一隻殺人不眨眼的鬼給附身了。

這種情況，負負可不會得止。

「他不只是你的子奇呦，也是我最好的朋友，洋伊。」背後的陳寧笑出聲。

陳寧稚氣未脫的可愛臉蛋上，出現不像這個年紀的孩子會有的沉穩，詭異的反差令人忍不住打寒顫。她將洋伊介紹給穆丞海認識，眼底滿是得意。

局勢突然變成二對一，壓倒性地對穆丞海不利。

穆丞海想起拍攝前，有一次他和胡芹閒聊，她曾經提到陳家血案發生後，有人懷疑陳寧是凶手。當時的他還覺得很可笑，無法理解一個小孩子能有多大的仇恨，要去殺光自己的家人？

但是，自從進入陳家宅邸後，所有關於陳寧的訊息都顯得那麼駭然，穆丞海便不再覺得那是無稽之談。外表跟年紀或許可以唬人，降低別人的戒心，但眼神就難以偽裝了，尤其此時此刻的陳寧根本就沒打算隱藏。

夢中陳寧和洋伊合作殺害全家人的畫面，在穆丞海腦中閃過。

他會被分屍嗎？還是被割頸、切腹？如果是被溺死的話，光用想的就好痛苦，還好這個休憩室內沒有浴缸跟水池，天花板上也沒有任何可以繫上繩子吊死他的地方……啊，最有可能是抽光他的血，畢竟姜維瀾動用了許多靈力製造這個空間，或許早就需要靠吸血來補充能量了。

會有人破門而入，進來支援他嗎？豔青姐他們不知去向，殷大師沒有靈力可以驅動法術……

不行，他不能再這樣繼續呆站下去了，現在站立的位置會被前後夾擊，他應該主動發起攻擊。越快封印陳寧，外頭的天師們就越有時間能想出拯救大家的辦法，爭取存活空間。

穆丞海抓起離他最近的一只燭臺，冷不防地朝陳寧砸去。

陳寧的額頭被燭臺砸中，她嚇了一跳、跌坐在地。她先是錯愕，接著嚎啕大哭了起來。

情。

然而，理當上前保護她的洋伊卻沒有任何動作，只是依舊擋在門前，面無表情。

這完全出乎穆丞海的預料。他一閃而過的計畫是先攻擊陳寧，引誘洋伊上前去保護她，如此一來，他就算和洋伊打起來，至少也不是腹背受敵的狀態。

陳寧越哭越大聲，哭到鼻子紅、眼睛腫。精緻可愛的臉上掛著兩條淚痕，穆丞海越看越過意不去，心生不忍，態度也就軟化了下來。

曾經在庭院裡見過的玩球幻象竄入腦中，那個陳寧和現在一樣，看起來是多麼得天真無邪。或許，她真的只是一個很乖巧的小孩，不懂人心險惡，所以才會被她所認為的朋友洋伊利用，結果引了殺人魔到家裡，害全家人喪命。

穆丞海走向陳寧，在她的面前蹲下，學著幻像裡劉湘潔的動作，輕輕地拂開她的瀏海，低頭在她額頭的傷口上吹氣。

陳寧抽著鼻子，淚眼婆娑地望向穆丞海，「你為什麼要拿東西丟我？」

因為他和殺人魔同處一室，所以想先發制人。

只是出手後，預期的打鬥並沒有發生，還害人家小女孩哭得稀里嘩啦的，讓他覺得好尷尬。

「我一直在暗中觀察你們，知道你們的煩惱。你們要被拆散，不能在一起了對不對？」陳寧用帶著哭腔的聲音說，「就跟我和洋伊一樣，當我一個人住在療養院時，真的好痛苦，是洋伊陪我撐過來的，他是我最好的朋友，我最想在一起的人。可是我被接回家後，爸爸卻不讓我去找洋伊，他說洋伊有精神病，會亂攻擊人，很危險。可是醫生跟我說過，我跟洋伊的病是一樣的啊！為什麼爸爸能喜歡我，卻不能喜歡洋伊呢？而且洋伊還是爺爺從小培訓到大的殺手，爸爸怎麼會不了解他的為人？」

穆丞海的嘴角抽了一下。

這位小妹妹，所以妳的意思是指，妳跟門口的那位洋伊先生都患有攻擊性的精神疾病嗎？那我現在這麼靠近妳，會不會有危險啊？

越想越不妙。

穆丞海企圖要保持點安全距離，偷偷挪動身體往後退，但已經來不及了。

陳寧見他有動作，突然臉色一變，朝他撲了上去。小孩子的力道雖然不強，但是穆丞海懼怕她說的攻擊性精神病，身體反射性地想躲。這麼一移動，導致他自己的重心偏掉，直接被陳寧按倒在地。

陳寧跨坐在穆丞海身上，露出勝利的笑容。

這個姿勢，如果壓著他的不是一個小孩子，穆丞海可能會覺得很享受，但對方偏偏是個還沒發育的小女孩，一點成熟美感都沒有。他並沒有戀童癖，對小孩子完全沒有興致，此外，小孩的體重很輕，根本無法形成壓制作用，穆丞海稍微一用力，就把陳寧從他身上抱離。

當他起身到一半時，陳寧突然大叫一聲，「洋伊！」

原本像個木偶站著不動的歐陽子奇，他接受到陳寧的命令，動作迅速地推倒穆丞海，並且直接跨坐在他身上，用身體將他壓回地面。

這麼一撞，穆丞海的後腦勺在毫無防備的情況下著地，痛到直接飆淚。歐陽子奇騎上來時還踢到他的小腿骨，現在整隻右腳都呈現麻痺狀態，肋骨也被撞得疼痛不堪。

並不是換個人就好啊！抱歉，他剛剛不該抱怨的，要被一個男人這樣壓著，他還寧可把對象換回小妹妹。

歐陽子奇的雙手扣在穆丞海的脖子上。冰冷的觸感傳來，他勒著的力道很微妙，能造成氣管壓迫，但還不至於讓他無法呼吸，搭配上歐陽子奇期待著能把他的脖子扭斷的表情，威脅感十足！

穆丞海想要掙扎，但他擔心子奇的身體。這副被洋伊附身的軀體可是正發著高燒啊！於是他暫且不動。

「妳、妳到底想要做什麼？」

陳寧不過叫了那麼一聲，洋伊馬上順著她的意思、撲了上來。穆丞海猜測洋伊其實是受著陳寧的指示行動的，所以，與其和洋伊在力道上比高下，還不如直接和陳寧進行交涉。

「你知道我為什麼要殺了全家人嗎？」陳寧朝穆丞海走近，在他身邊蹲下，笑著回憶血案發生時的場面，「那個時候，爺爺得了癌症、快要死了，而我可能也將不久於世，因此，我跟洋伊想出了一個好辦法。我喜歡爸爸和媽媽，也喜歡靜姊姊、小佑跟爺爺，全家人我都好喜歡，我也喜歡洋伊，所以只要我們都死了，就能永遠生活在一起了。」

陳寧低頭看著穆丞海，那是失去理智的瘋狂眼神，「你也覺得我很聰明，對吧？爺爺不用離開我們，我也不用離開大家，可以在這棟宅邸裡，我們的家、我們的樂園裡，一直一起生活著。」

穆丞海不覺得自己有偉大到可以去評斷陳寧對家人的所作所為，畢竟他不了解陳家所有人的想法，或許陳寧的家人真的覺得她這樣做很好。可是，現在被她困在宅邸內的所有人呢？那些藝人、工作人員，大家並不想永遠待在這裡啊！

似是看出穆丞海的想法，陳寧接著說，「洋伊現在附在子奇身上，他知道子奇的所有想法喔！內心最真實的、說不出口的、卻最渴望能實現的想法。」

說不出口的真實想法？

「……是什麼？」穆丞海的好奇心被勾起。

「洋伊說，子奇真的很喜歡你，他不想與你分開，想要永遠跟你當好朋友。你也喜歡子奇吧？」

「我是很喜歡他沒錯。」穆丞海回應。

但他知道，就算子奇很喜歡他，也不會因此要求他們要死在一起。

「既然如此，那就要永遠在一起喔！洋伊說他也很喜歡子奇，因為他們的頻率很像，個性、想法也都非常一致，他並不介意跟子奇共用一個身體。」

洋伊當然不介意，該介意的是子奇吧！

這本來就是子奇的身體，完全不用跟洋伊分享，是妳家洋伊硬要占用的，還說得那麼好聽。什麼不介意跟子奇分享，妳倒是趕快叫他離開子奇的身體吧?!

穆丞海剛想要反駁，陳寧就接著說，「但是洋伊告訴我，說子奇他不想要這個身體了。比起身體，他更想要和你永遠不分開。等你們回家後，就要被你們各自的父親拆散了，就跟我和洋伊一樣，好可憐喔！

「所以，子奇說，你們乾脆就一起死在這裡好了。你們可以永遠待在我家，一起彈琴、唱歌給彼此聽。我家很漂亮吧！你一定會喜歡住在這裡的。你看，小佑也那麼喜歡你，我們全家人都會很歡迎你們。大家，永遠在一起……」

「永遠在一起」這句話，如果是從在熱戀中的情人口中聽到的，那絕對會是非常甜蜜的體驗。但這是從一個已經死掉的小女孩嘴裡說出來的，而且還不斷強調著這句話，只會令人覺得毛骨悚然。

穆丞海抓住歐陽子奇的手腕，本來想用力把他扭開，但陳寧接下來的話卻讓他停下動作，心裡甚至動搖了起來。

「洋伊還說，子奇覺得很寂寞。洋伊就是和子奇有相同的想法與感覺、波長相符，才能夠附到他身上的。你是子奇唯一的好朋友，如果連你都要拋下他的話，他會非常、非常難過的！

「子奇認為，如果不能和你在一起，他活著也沒什麼意思，不如獨自待在這裡，至少還有我跟洋伊可以陪他。我們是永遠都不會拋棄他的。我喜歡洋伊，洋伊喜歡子奇，所以我也會很喜歡、很喜歡子奇的。」

什麼?!子奇想要一個人待在這裡？

他們回去之後，確實是沒有把握可以說服歐陽子奇的爸爸，答應讓他們繼續在演藝圈發展，不再阻撓他們。但只是因為這樣，就想要龜縮在這個凶宅裡面？子奇真的是這麼想的嗎？

穆丞海認真地望著歐陽子奇的眼睛，企圖探入歐陽子奇的內心，想要確認陳寧說的究竟是真是假。

然後，他看見歐陽子奇的雙眸染上悲傷、放棄與絕望，從不曾見過他露出這樣的眼神，穆丞海被嚇著了。

他想起子奇曾經在琴房裡說過的那句話——

我覺得人生最開心的時候，就是跟你一起唱歌的時候。

或許，在這裡結束生命，也未嘗不是一件好事。

和子奇永遠在一起，在另一個世界繼續合作，讓他們的音樂可以用另一種形式呈現，反正他也有很多身在靈界的朋友，而且再也不用擔心子奇的爸爸反對……

陳寧的話語，一點一滴地侵蝕著穆丞海的意志。如飲鴆止渴一般，他期望聽到更多言語，以安撫他還搖擺不定的心。

圈住他脖子的手越縮越緊，意識已經逐漸變得模糊。

陳寧靠他靠得很近，在他耳畔不斷重複著：「要永遠在一起。

「就快要可以解脫了呦！」稚嫩的童音充滿蠱惑。

穆丞海摸到口袋裡的東西，恢復了一點理智。

這個距離……可以！

他冷不防地抽出塞著封印符咒的筆，精準地插入陳寧的眉心，他大喊：「陳寧，封印！陳寧，我要封印妳！」

陳寧瞪大眼睛，錯愕地看著穆丞海，眉心傳來陣陣刺痛。她憤恨地拔出筆，感受到筆中的力量。了解到是怎麼一回事後，陳寧冷笑，「很出其不意的一招呢！想藉著喊出我的名字來進行封印嗎？」

她的表情立刻轉為陰厲，「差一點就成功了呢，可惜，我並不是……」

張製作，你說盧仙姑也是有些實力的，而且她的門派很擅長封魔……

我真的不該相信你的，盧仙姑其實真的就只是個神棍吧？

封印沒成功，還惹怒了陳寧。她很生氣，甚至比封印失敗的穆丞海還生氣。

撐不住了……

穆丞海的意識逐漸渙散。

Chapter 7

能靠音樂解決的，都算是小事

封印失敗了。

被激怒的陳寧肯定會更加篤定要取走他的性命，他該放棄掙扎嗎？如果已經沒有生還的希望，那像電視上推廣的「放棄急救，讓死亡有尊嚴」，是不是會比較輕鬆一點？

紊亂的腦袋加上極度缺氧，穆丞海已經無法思考了。最後僅存於他心中的，只剩那道身影——歐陽子奇。

子奇呢？

他死掉之後，就能見到子奇了吧。

思及此處，原本浮動的心平靜了下來，甚至能感受到解脫與期待，嘴角不自覺地微微笑著。

「原來所謂的同伴，就是要為對方犧牲自己的生命？」

渾沌之中，沉重的黑暗從四面八方湧來。穆丞海隱約聽見有人這樣說著，突然有了可以移動身體的力氣。他緩緩睜開雙眼，眨了幾下，才適應周圍有些昏暗的光線，眼前的身影逐漸變得清晰。

是姜維瀾。

「你……這裡是哪裡？我死了嗎？」環顧四周，不像地獄或天堂，更不是他所熟知的陳家宅邸。

「你還沒死，但也快了，只剩下最後一口氣了。這裡是我製造出來的空間，在你的深層意識裡。」這裡沒有人會來打擾，方便他們談話。

容貌與穆丞海十分相似的姜維瀾，站在一臂之遙處俯視著他，眼眸滲著疑惑。穆丞海回望著姜維瀾，想起錄影期間交到的新朋友方以禾，發現自己在死掉之前，好像還能再多做點事。

穆丞海打起精神，「原來如此，我這口氣可以在這空間存在多久？會不會身體被多掐幾下就嗝屁了啊？」

姜維瀾緩緩搖頭，「除非我的靈力耗盡，否則在我主動解除之前，這個空間可以永久維持。同時，空間外的時間也是靜止的。」

「那就太好了，這樣我就能好好跟你聊一下了。」他開心歡呼。

不只姜維瀾想找穆丞海談話，穆丞海也一直很想跟姜維瀾好好聊聊。

穆丞海直起身，激動地抓住姜維瀾的雙臂，「你跟以禾還好嗎？你們仔細談過了沒？以禾一直很怕會無法再次與你溝通。她心繫著你的安危，希望可以拯救你不被欺負、不入魔，她還……」

嘰嘰喳喳地說了一堆，都是些想讓姜維瀾和方以禾合好的話語。

姜維瀾不能理解，都到這個節骨眼上了，下一秒隨時可能會死去的人，還有這股餘力去擔心別人？

人類都是這麼不看重自己的生命的嗎？

不，人類的自私與邪惡他最了解了。亙古以來見過的人類，可都不是這樣的。將他帶入宮裡的人，以他們的皇帝為天為地，只要稍有一點激怒聖上的可能性，馬上就會跪地哀號著「皇上饒命」。就算時代遷移，現今政治體制已非獨裁帝制，但為了多活一點而無所不用其極的，更是大有人在。醫學的進步，對養生的重視，都顯示著人類是很重視自己的生命的。

但，為何眼前的穆丞海會是如此？

和方以禾交換記憶時，他亦看見了進入宅邸後，方以禾和穆丞海相處的一切。

那種不計較利益的互動，只是出於純粹的互相關心，彼此協助，不禁讓他想起方以禾與他在靈山上的相處模式。

他原本以為同伴就該是那樣，可是他在人界看見的，卻不是這麼一回事。就連陳寧與他的同伴關係，都是基於雙方對彼此有利才會存在的。

穆丞海和歐陽子奇在琴房裡曾說過——

他們是同伴，所以要一起面對困難。

那是他無法理解體會的字句。這兩人間的羈絆，似乎又與陳寧跟他所說的同伴關係不一樣，難道這其中的不同，就是讓穆丞海願意為歐陽子奇犧牲自己生命的原因嗎？

他和以禾之間也有這種羈絆嗎？如果有一天方以禾遇到了危險，需要他犧牲自己的生命，他也做得到嗎？

對姜維瀾而言，那是全然陌生的感覺，陌生到讓他無法想像。他想進一步地向穆丞海問清楚，但看見對方問完一連串他與方以禾的問題，瞠著發亮的眼睛，期待他的回答後，隨即明白，如果自己想要深究穆丞海和歐陽子奇之間的關係，若不先交代自己和方以禾的事情，恐怕很難將穆丞海的注意力拉回來。

「我和以禾，不可能再回到從前了。」

「為什麼?!」穆丞海感到很吃驚，以為姜維瀾是在怪罪方以禾，埋怨對方在他落難時沒有在他身邊。於是他拚了命地想幫忙解釋，「其實以禾從來沒有想要棄你於不顧，直到今天，她還是想將你從陳家宅邸裡救出來。」

「我知道。」姜維瀾閉眸，沉痛地回想著他在方以禾記憶裡看見的美好，「以禾還是以前的以禾，但我已經不是以前的我了。」

他深吸了口氣，睜開雙眼，注視著穆丞海眼眸深處的純真。他曾經也有過這樣的眼神，「我的手上染了太多鮮血，以禾往成仙的道路而去，而我，已經成魔墮落了。」

穆丞海聽了搔搔頭，努力咀嚼姜維瀾話中的意思。他沉默了一會兒，才開口，「我是不太了解你所說的成仙、成魔那些事。不過，若是心裡有向善的念頭，從此刻開始改變難道不行嗎？人家不是說過『放下屠刀，立地成佛』，況且還有殷大師在，他一定能找到方法幫助你的。」

「我不在乎自己的修行，但是以禾……」姜維瀾沉吟，吐露心中的結，「就是因為以禾從未放棄尋我，曾經誤會她、怨恨過她的我，早就背叛了我們之間的情誼。我已經……不配跟她在一起了……」

細聲化為呢喃，背後是深深的自責。

穆丞海盯著姜維瀾，沉默不語。一瞬間彷彿在那張與自己相似的臉上，看到了熟悉的影子，那是進入演藝圈後，擔心自己實力不夠會拖累子奇的自己。那是當王希燦和子奇走得近時，擔心子奇對他的疏遠，代表他們的友誼已不復存在時的自己。

幸好當時的他沒有放棄，才得以在日後，和子奇共同走過許多精采時刻。

姜維瀾也像當時的他一樣，走進了自我厭棄的死胡同裡。如果姜維瀾現在放棄了，將來的某天他一定會後悔。他得幫幫姜維瀾。

穆丞海拉著姜維瀾席地而坐，準備好生開導，「維瀾，你覺得我和子奇很要好嗎？」

姜維瀾不假思索地點點頭。

「可是我們也會吵架、打架，甚至為了大大小小的爭執，故意賭氣不跟對方講話喔。」某些畫面在穆丞海腦中閃過，現在回想起那一切，竟然會覺得還滿好笑的，這兩人實在是幼稚的可以。「但是過去發生的一切，不論是好是壞，都是造就我們現在堅定友誼的基石。關鍵在於，我們兩個都還想成為對方的同伴，一起面對困難。」

姜維瀾思考著穆丞海所說的話，雖然有些部分他一時間還無法明白，但他可以確定的是，當穆丞海說出這番話時，那眼中的亮光與堅定，就是他想追尋的。

「就算……曾經背叛、誤解對方，也能再次成為同伴嗎？」

「當然！」見姜維瀾還有猶豫，穆丞海努力思索著該如何表達，「對了，維瀾你喜歡吹奏古笛是嗎？」

姜維瀾點頭。

「那最常聽你吹奏的是誰呢？」

「是以禾。」

他的古笛是方以禾遊歷時帶回來送給他的樂器，據說是出自某位修道大師之手。因年代久遠，古笛擁有靈性，讓他就算在還不會化人的時候，也可以用靈魂驅動古笛、發出聲音。

方以禾喜歡他的笛音，姜維瀾也曾以為，這輩子他就只會為她吹奏。

很好，果然如他所料。穆丞海笑得很神祕，他覺得這次自己的頭腦難得像歐陽子奇那般聰慧，「維瀾，你要不要現在就吹奏古笛看看？或許在笛聲之中，你就能找尋到你心中問題的答案。」

吹奏就能找到答案？姜維瀾無法理解這前後有何因果關係，但也無妨，嘗試看看對他也沒什麼損失。

姜維瀾順從地抬起手，一把古笛便出現在他掌心。他熟稔地將笛口湊至唇前，輕輕送氣，悠揚的笛聲開始迴盪。

他閉起眼眸，隨著曲調的起伏，過往與方以禾相處的畫面不斷閃過。有時是她在靜靜聆聽，陶醉在笛音之中的樣子；有時是敲打拍子，與他一起和著旋律的模樣；有時是她一時興起，在笛聲中跳舞的姿態。

一股平靜的力量流入姜維瀾體內，他的心逐漸沉澱了下來。

答案是如此得顯而易見啊！他的追尋別無他想，不管需要付出什麼代價，他就是想跟方以禾回到他們在靈山的那段日子裡。

穆丞海和姜維瀾同處的空間不再灰暗，取而代之的是明亮卻柔和的光線。

嘴角勾勒出微笑，穆丞海明白他心中的結已經解開了。

「可是……」姜維瀾放下古笛，露出困擾的表情，「我不知道該怎麼跟以禾重新開始……」

他對於自己的腦袋僵化很懊惱，沒遇過的事情就無法想像。他不像以禾，總是有無窮無盡的想法。

「這個簡單。」關於如何重修舊好這件事，穆丞海有豐富的經驗。

「有次子奇生氣不跟我說話，原因是什麼我已經忘記了。後來我每天都故意在他旁邊唱歌，唱他寫的歌曲、唱我即興想到的歌詞，想到什麼就唱什麼，後來他聽到受不了，終於跟我說，我走音了，哈哈。然後就抓著我進練唱室，開始進行魔鬼訓練，我們也就這樣和好了。」

「聽起來像是在死纏爛打。」

「還有一次，我惹子奇生氣，他只要看到我便掉頭就走。於是當晚我洗好澡就躲到他的被窩裡，給他一個驚喜，硬是拉著他一起睡了一晚。人家說什麼睡同床沒有隔夜仇，果真說得沒錯，後來我們也和好了。」

「你還真常惹子奇生氣。」

「還有還有……」

「可以告訴我，為什麼你只要是為了子奇，連自己的生命都可以犧牲？其中的原因是什麼？」姜維瀾揚起手打斷穆丞海。

如果可以，他也想繼續聽穆丞海說下去。但空氣中出現了輕微的震動，那是有人穿越屋外結界所造成的現象。姜維瀾猜想，應該是「那個人」來了。

如果是的話，他創造出來的空間，在那個人面前就如同泡沫般脆弱，是對方想毀壞就能輕易破壞的，恐怕已經沒有時間能聽穆丞海慢慢說了。

「生活中的事情要為子奇犧牲很容易啊，他為了我明著暗著也犧牲了許多，雖然犧牲生命聽起來好像很偉大，但我也只不過是想著，如果這世界上只剩下我，而沒有子奇在，那該有多無趣。因為子奇願意永遠待在這棟宅子裡，我才決定這麼做的。」

「可是你確定子奇真的是想永遠留在這裡嗎？萬一是陳寧騙你的呢？」

穆丞海的表情有了一絲絲的僵化。

被洋伊掐著脖子時，情況真的是有那麼一點混亂，導致他沒有很仔細地去思考。依照子奇的個性，他真的會躲避伯父要他們拆團的問題，而決定永遠留在陳家宅邸嗎？

現在冷靜一想，可能性好像有點低啊……

「陳寧擅長用言語影響人心，讓人信以為真。」

姜維瀾的話猶如落井下石，穆丞海不只表情，連全身都石化了。

「維……維……維瀾，人死後如果變成鬼，之後還有可能會再死一次嗎？」

他想知道如果自己猜錯了子奇的想法，等等斷氣變成鬼之後遇到了子奇，會不會再被子奇殺一次。

姜維瀾沒有回答他的問題，但他倒是有點了解以禾跟歐陽子奇，為什麼都會特別保護著穆丞海了。

這種天然呆的個性，能活到現在也是滿不可思議的。

「其實也還不到無法挽回的地步，只是危險性很高。」

姜維瀾的話讓穆丞海燃起一片希望，眼睛一眨一眨地望著他，頗像在討食的小貓咪那般，看得姜維瀾只能妥協，無奈地說出方法。

「你的最後一口氣，是我用這個空間勉強吊著的，如果我把這個空間解除，讓你在陳家宅邸內死去，你的魂魄就會進到我替陳家人製造的那個『永恆』世界裡，再也無法離開。」

穆丞海不禁瑟瑟發抖，這才感覺到事情的嚴重性。

「除非，在你的生命耗盡之前，陳寧願意把那個『永恆』的世界解除，你的魂魄才有可能進入正常的輪迴。或者，陳寧願意讓洋伊鬆手，讓那口氣回到身體裡，你才有可能在人間活過來。換言之，接下來陳寧的決定如何，對你至關重要。」

「那子奇呢？」

他會冒險走到這個地步，就是為了能和歐陽子奇在一起。若是只有他能離開，而子奇依舊得留在『永恆』裡，那他寧可就這樣順著陳寧的意，不掙扎了。

「丞海，你是不是誤會了什麼？子奇他並沒有死，也就沒有進入陳家的『永恆』裡，他只不過是被洋伊附身而已。要解附身，大廳裡的天師們應該都做得到才對。」

趙老師就做不到，哼哼！穆丞海壞心地想。

不，姜維瀾的意思是，現在有生命危險的只有他，子奇根本就沒有危險嗎？

「維瀾，教教我，該怎麼做才能在人間復活？我不要待在沒有子奇的『永恆』裡啦！」穆丞海哭得一把鼻涕一把淚，還把姜維瀾的古裝長袖抓起來權充衛生紙用。

姜維瀾翻翻白眼，也不想跟這個生命垂危的人計較了。「當初創造『永恆』空間時，是靠陳寧的執念做為核心，也就是說，如果能夠解開陳寧的執念，空間亦將不復存在。我可以幫你製造一條通道，連結陳寧的深層意識，你進到裡面，尋找當初陳寧為何想要創造這個『永恆』空間的線索，這是你唯一的機會。」

「好。」穆丞海堅定地點點頭。

姜維瀾把手覆在穆丞海額上，叮囑，「記住，盡量避開陳寧，別讓他發現你在她的深層意識裡，否則她要改變自己意識裡的任何東西來殺死你，是輕而易舉的事。好了，把眼睛閉上吧。」

穆丞海閉上眼睛，下個瞬間，他感覺四周的空氣在流動，方向一直在變來變去的，有幾道風強了點，差點把他吹離了位置。他緊閉著雙眸，努力不讓身體移動，怕自己搞壞了姜維瀾的連結。

等到風都平息下來，他聽見姜維瀾的聲音，遠遠的、很空洞，「把眼睛睜開吧，接下來就只能靠你自己了。」

在空間夾縫中看著穆丞海，姜維瀾面露擔憂，這陣子和陳寧相處下來，他怎會不知她執著的原因。但是，如果穆丞海也能像解開他的心結般，解開陳寧真正的芥蒂，或許一切就都能回到軌道上了。

讓我知道妳為什麼會變成現在這個樣子……

等待的過程中，穆丞海不斷在心裡祈禱著。

感受到腳下的劇烈晃動，周遭從黑暗轉為白濁，某些影像開始浮現，由模糊轉為清晰。穆丞海回到他曾經夢見的陳家宅邸，和那時的情況一樣，他依舊只能看著眼前的人、事、物，卻無法跟他們接觸，參與其中。

這裡，是陳寧的深層意識。

四周乾淨明亮，沒有妖魔鬼怪，也沒有任何被「紅顏狂」破壞的痕跡。

穆丞海身處一個陌生的房間內，有個小女孩抱著一盆盆栽、走了進來。穆丞海趕緊躲到柱子旁，那個女孩長得和陳寧有點像，但年紀比陳寧去世時的樣子還要大上幾歲。她從穆丞海身邊掠過，將盆栽小心翼翼地放在自己的書桌上。

盆栽裡的植物乾乾癟癟的，枝條上只剩幾片發黃的小葉子，一副隨時都會枯萎死掉的樣子。

「要重新活起來，好好長大喔。」女孩對著盆栽溫柔地說，替它加油打氣。

接著，她唱起輕柔的搖籃曲。

寶寶睡，快快睡，

親愛寶貝快入睡，

別怕漫漫黑夜，

有我陪在你身邊……

穆丞海猜測著這個女孩的身分。

胡芹說過，陳家總共有四個孩子，大女兒陳靜和小女兒陳寧他都見過，除了最小的陳佑外，陳靜跟陳寧之間還有一個孩子，叫做陳蘋。她在比陳佑的年紀還小的時候就生病過世了，所以沒出現在陳寧的『永恆』空間裡。

如果他來到的時間點是整個事件的重要時刻，那麼書桌上這棵植物鐵定大有來頭，或許就是姜維瀾的靈樹原身。但是照顧靈樹的女孩長得不像陳寧，瞧著年紀比陳寧還要大上一些，她難道是陳靜？

這樣的話，不只是陳寧，連陳靜也有去用心照顧過靈樹？

女孩唱了好一會兒的搖籃曲，才起身走出房間。穆丞海緊跟上去，保持著不會被發現的適當距離，和女孩一前一後地進入了琴房。

午後和煦的陽光將琴房照得通亮，徐徐涼風吹拂，慵懶地讓人想來杯下午茶，可惜目前的處境容不得穆丞海停下來享受，但從房間的氛圍來觀察，他可以感受到那女孩的心情似乎很好。

女孩打開琴蓋，在鋼琴椅上坐定，隨手翻開樂譜，纖長的手指熟練地移動了起來。穆丞海並非是第一次聽到這首曲子，是蕭邦第一號詼諧曲op.20，子奇曾在這間琴房彈過。他們那個時空的琴房裡，有許多陳寧鋼琴比賽得獎的獎盃，但在印象中，沒見過半個陳靜得獎的痕跡，但陳靜彈起來可一點都不遜色，令人出乎意料。

外頭傳來「窸窸窣窣」的說話聲，女孩第一時間就被吸引，連忙跑向大廳。陳則民和劉湘潔剛回到家，身上穿著正式禮服，後頭跟著一個同樣盛裝打扮的女孩。穆丞海第一眼就認出她才是陳靜。

這就奇怪了，那在琴房彈琴，唱搖籃曲給靈樹聽的女孩是誰？

若按照姜維瀾的說法，他進入的意識空間是屬於陳寧的，那女孩確實也是他遇到的第一個女孩，莫非她就是陳寧？可為何樣貌跟年紀都兜不上？

穆丞海納悶著，隨後陳家爺爺和洋伊開門進來，他看見洋伊和女孩眉來眼去的，穆丞海更可以確定，那女孩應該就是陳寧無誤。

請讓我知道陳寧身上的祕密，她的容貌與年齡為何看起來如此違和？

場景變化著。

洋伊是陳家爺爺從小收留的孩子，除了撫養他長大以外，還親自訓練他，讓他成為陳家忠心的護衛。女孩有時會和洋伊一起約會，可是陳則民不希望女兒這麼小就有交往對象，於是警告洋伊要和女孩保持距離，不能再和女孩私會。

但陳則民只是單方面對洋伊下令，並沒有顧及女兒的感受，或是和她好好談談。他想著處理這事很簡單，只要洋伊不去接近女兒就好了。也因為陳家有個女兒生病了，陳則民和劉湘潔擔心著她的病情，幾乎將心思都花在照顧她上頭，沒有餘力去理會另一名女兒。

但生病的女兒究竟是哪一個？陳靜好端端地在房屋內出入，陳寧整天想著洋伊，剩下的就只剩陳蘋了，可是她去世得太早，根本不該在這個時間點出現。

洋伊的疏遠令女孩很傷心，她開始懷疑，是不是因為自己不像媽媽和姊姊那樣好看，所以洋伊才會不喜歡自己。每一次她心裡難過時，傷心欲絕的她便會拿起美工刀自殘，利用身體的傷來轉移心裡的痛，而那流出來的鮮血，便順手澆灌在靈樹的盆栽裡。

日復一日，直到有一天，靈樹結出果實。

「這果實長得好可愛，可以吃嗎？」

吃下果子，女孩感受到體內的變化，所有屬於女孩的生命精華全被淬鍊了出來，展現在她的神采上。她變得容光煥發，美麗異常。女孩不斷吃著果子，在鏡子前轉來轉去，想像著洋伊在看見她時會怎樣得吃驚。

她偷偷跑去找洋伊。

洋伊確實被她的外貌驚豔到了，在一瞬間流露出痴迷的模樣，但老爺不准，所以他就算再怎麼愛慕小姐，也不能與小姐有所接觸。他們是不會有結果的，他不能耽誤小姐的青春。於是洋伊狠下心來，別過頭去。

女孩心碎了，她回房哭得傷心欲絕。此後，她就在割腕、用血澆灌靈樹、吃掉果實，這個循環中不斷重複。然而，美麗是要付出代價的，她的身體不停地在逆成長，一段時間後，外貌開始有了明顯的變化，她的外表年齡變得越來越小了。

劉湘潔發現女兒的異樣，開始帶她去看醫生。劉湘潔看著女孩的眼神，漸漸地像是在看一個怪物，但畢竟是自己親生的女兒，她無法就這樣丟下她不管。

女孩怕大人發現那個盆栽，遂將它藏進櫃子裡。

然後，陳家那個生病的女兒還是去世了，而此時的女孩，看上去的年紀竟已經與去世的女兒差不多了！而那個病故的女兒，真實身分其實是年紀最小的陳寧。

陳則民與劉湘潔商量後，對外宣稱二女兒陳蘋病故，而真正的陳蘋就一直頂替著陳寧的身分活著。連陳佑懂事後，劉湘潔也沒讓他知道最小的姊姊其實是陳蘋。

穆丞海終於明瞭，當他拿盧仙姑的筆封印時，為什麼喊出了陳寧的名字，卻依然沒有效用了。

場景再度變換，陳蘋在琴房內練著琴，劉湘潔突然怒氣沖沖地推門而入。她手裡拿了張紙，直接拍在鋼琴上，發出了好大的聲響。不只陳蘋被嚇了一跳，連一旁觀看的穆丞海也差點被嚇出尖叫，心有餘悸。

「說！為什麼妳鋼琴比賽的報名表上填了陳蘋的名字？」

「那本來就是……」我的名字，陳蘋。

女孩的表情黯淡了下來。

「嗯？」劉湘潔怒瞪著陳蘋，質問的語調上揚。

「……對不起，是我一時忘了……」陳蘋低頭認錯。

「忘了？妳爸爸跟我這麼辛苦地瞞著大家，提心吊膽，就怕妳頂替妳妹妹活著的祕密洩漏出去。妳倒好，一句忘記就想解釋一切，妳知道老師還跑來問我為什麼名字會填成陳蘋嗎？萬一讓她發現了，我跟妳爸爸辛苦建造地一切就要毀了！」

陳蘋，成了一個不能被知道的禁忌之名。

女孩再也按捺不住情緒。禍事是她惹出來的，所以她一直乖順地聽從著父母親的安排，對外扮演好陳寧的角色。但漸漸地，就連在家裡，陳蘋也失去了可以好好生存的空間，她感覺每天都過得很窒息，快要不能呼吸。

事情是否真的如她擔心的那樣？爸媽要她對外宣稱自己是陳寧的原因，其實根本就不是因為她外貌的變異？

「媽媽，為什麼？為什麼我不能以自己的名字活下去，為什麼要頂替妹妹的身分？陳蘋不好嗎？難道在媽媽心中，就這麼無法接受寧妹妹的去世，寧可毀掉我的人生，也要讓寧妹妹的存在得以保存下去嗎？」

劉湘潔被質問得啞口無言，她看著淚流滿面的陳蘋，一把將她摟入懷中，「不是的蘋兒，不是的……」

劉湘潔的眼中蓄積著不捨的淚水，「媽媽也希望妳能以陳蘋的身分活下去，可是……可是，妳要媽媽怎麼去向外人解釋，妳為何會長得越來越小？媽媽做的這一切不是為了寧兒，而是為了妳啊！為了不讓妳被當成怪物看待，為了讓妳有個正常的人生，逼不得以才這麼做的呀！」

「蘋兒在媽媽的眼裡，像是怪物嗎？」

劉湘潔的嘴巴張了張，卻說不出口任何反駁的話語。她的眼神透露出心裡所想，就算沒有把陳蘋當成怪物，但對她的情況確實有了懼怕。劉湘潔起身，歇斯底里地把琴房內寫著陳蘋名字的鋼琴比賽獎狀全部撕毀、丟進垃圾桶，藉此宣洩自己不安的情緒。

「媽媽妳在做什麼？那是我的獎狀啊！」

那是她努力練習才得到的獎賞，也是身為陳蘋最後的證明了。

劉湘潔在垃圾桶點起火來，繼續把陳蘋的獎狀往裡面丟。陳蘋小小的身軀阻擋不了媽媽，只能無助地哭著，那悽慘的哭聲，讓穆丞海的心糾結在一塊。

他想起了剛得知自己是青海會會長兒子的那時，每個遇見他的人，都不再與他談論他的演藝成績了。新聞報導更是以「青海會的會長獨子」來稱呼他，好似穆丞海這個人、跟他所努力的一切，都被輕易抹煞掉了。

陳蘋此刻的心慌，他懂。

於是，姜維瀾叮囑他、要他小心不要讓陳寧發現的話語，全都被穆丞海拋諸腦後。他衝了出去，踢倒垃圾桶，在燃燒的紙張中盡可能地將陳蘋的獎狀搶救出來。

空氣振動，琴房內的劉湘潔不見了。

而原本哭泣的陳蘋，正瞠著一雙血紅大眼盯著穆丞海。

「你竟敢侵入我的深層意識，窺探我的祕密！該死！」

琴鍵劈里啪啦地自琴架上剝落，以忍者發射暗器的速度，朝穆丞海直刺而去。

就在他將要被捅成蜂窩的前一秒，穆丞海大喊，「陳蘋，等等！」

琴鍵在離穆丞海約十公分的距離停駐了下來，但危機尚未解除，這些飄浮在空中的琴鍵依舊像利刃般指著他，將他包圍住。

「哼哼，終於知道我的名字了？是不是還想要再封印我一次？」

「不是的。」穆丞海舉起右手，「我只是想救下這個，哪怕只有一張也好。」

被火燙紅的手裡抓著一張獎狀，這裡雖然是姜維瀾製造出來的虛幻空間，但手被火燒傷的痛楚，依舊強烈且真實。

「陳蘋。」穆丞海試著撥開面前的琴鍵。確認陳蘋沒有要繼續攻擊他後，他走向陳蘋，將獎狀遞給她，「我只是想跟妳說，妳的鋼琴真的彈得很好耶！」

陳蘋默默注視著獎狀，還有穆丞海的手。

他將雙手伸進火焰中，就只是為了搶下這個只存在於她回憶裡的獎狀？

已經很久很久，沒有人替陳蘋，而不是她頂著的陳寧身分，做過如此貼心的舉動了。

淚水滴在獎狀上，「你是笨蛋嗎？就算搶下這張又如何？現實中的獎狀早就被媽媽給燒光了。」

「至少在妳的回憶裡，還有這一張留著。」

「笨蛋，果然就如子奇說的，你真的是個大笨蛋！」

她希望的，一直以來就只是自己身為陳蘋的身分被認同，然而兜了一大圈，最後能為她做到這一點的，卻是被她折磨得很徹底的穆丞海

陳蘋的感動無以復加，但她前一刻還在和穆丞海針鋒相對，又對他做了那麼多糟糕的事，突然要她道歉，她頓時覺得彆扭。

「子奇呢？」穆丞海不像她一樣有那麼多糾結，心裡從頭到尾就只關心著一個人。

「放心，他很好，洋伊很小心地使用著他的身體，不會讓他受到傷害的。」

「我才不相信，妳和洋伊不是殺了全家人，還想讓《鬼影任務》拍攝團隊的大家都死在陳家宅邸裡嗎？」

聽了穆丞海的話，陳蘋抬起頭，幽幽地說，「我帶你去看事情的經過吧。」

而她手裡握著的那張寫著自己名字的獎狀，正溫溫熱熱、一點一滴地融化她冰封已久的心。

隨著陳蘋的心念轉動，琴房回復到整齊的模樣。她走到鋼琴前，打開琴蓋端坐下來。此時的她，外貌已經變回穆丞海所熟知的陳寧模樣了。

她隨意地彈著琴，不久後，洋伊步入琴房，他來到陳蘋身後，極富情感的一吻落在陳蘋的髮頂，任誰都看得出這是一對正值熱戀的情侶。

陳蘋彈奏著一首膾炙人口的情歌，洋伊跟著唱和著。雖然節奏總是沒對在拍子上，時常走音，但這對情侶毫不在意，就這樣玩著音樂，傳達對彼此的情意。

在一旁的穆丞海聽著也有些技癢。他偷偷打著拍子，盡量降低自己身為電燈泡的亮度，以不打擾他們為原則，忍不住隨口哼個兩句。只是他沒發現，自己的音量到後頭已經跟情侶倆差不多了，甜蜜的演奏頓時變成了三人歡樂的大合唱。

『如果能夠早一點認識你就好了。』陳蘋看向和洋伊玩得不亦樂乎的穆丞海，心裡這樣想著。

最後一曲彈畢，陳蘋將雙手平擺在大腿上，悠悠嘆氣。隨後，她朝穆丞海歉疚苦笑，「接下來發生的事情可能會……不怎麼令人舒服，先向你說聲抱歉。」

陳蘋起身，洋伊隨之動作。陳蘋端出一盤抽血的針管，往陳靜的房間走去，洋伊則是換了一身黑，往女傭休息的地方前進。屋外已經不再是陽光斜射的爛漫天色，黑夜悄然臨近。

穆丞海設法跟在後面、見證一切。情況大致上和他夢裡所見的相去不遠，只是臨場感更真實，讓他有股衝動想跟陳蘋說，不用全部看完也沒關係的。

不過，完整經歷了那一夜發生的事後，穆丞海還是有不小的收穫。

陳家人死後，第一個進入宅邸的人不是警方，而是一個矮矮瘦瘦的中年人，年紀看上去和陳則民差不多。穆丞海猜測對方應該能看得見鬼魂，因為當他踏進陳家宅邸大門時，是陳家爺爺和陳則民的魂魄一同去接待他的。

那個陌生的謎樣大叔先在宅邸四周晃了一圈，嘴裡喃喃念著什麼。等到一圈走畢，陳家宅邸四周隨即升起了一道結界，伴隨著地底傳來的恐怖嘶吼，結界內的陳家宅邸，除了因這次慘案而死亡的魂魄外，其餘不相干的孤魂野鬼全化成了幾縷黑煙，往屋外飛去。

接下來，謎樣大叔帶著陳家兩個男主人來到陳蘋的房間，簡單施了個咒，將放置姜維瀾靈樹的小房間封印了起來。

謎樣大叔轉頭，和陳家爺爺小聲地不知道說了什麼，不管穆丞海如何豎耳傾聽都聽不見，他這才發現，陳蘋此時也跟他一同躲在柱子旁，一副也想偷聽的樣子。

「我說，那個陳蘋啊……」

「嗯？」小姑娘的耳朵依舊豎得老高，注意力都在謎樣大叔和陳家爺爺那頭。

「妳應該知道，這個空間是姜維瀾利用妳的深層意識創造出來的吧？」

「嗯……」陳蘋恍然大悟，「所以我原本就不知道的事情，根本不可能在此時偷聽得到嘛！」

她氣得跳腳。

這些，都只是她的記憶而已。

「陳蘋，就是那個結界，讓你們全家無法離開人世去投胎的嗎？」

「其實，起初我也不太理解為何要設那道結界。如果是為了防止成為惡鬼的我們出去害人，那根本沒有必要，因為我在取走家人的性命之前，就已經讓姜維瀾設下結界，把我們永遠困在這棟宅邸了呀！」

穆丞海點頭。確實，陳蘋的本意，就是希望全家人死後亦能生活在一起。那位謎樣大叔設下的結界，似乎有些多此一舉。

看著陳家爺爺的表情，陳蘋側頭思索，「不過，丞海，我在今天有了不同的想法。當姜維瀾的樹根紮破房子地板，使得地底下的怨靈衝上來時，那道結界竟擋著不讓祂們進入，可見結界不是為了阻止我們出去害人，而是防止有人進來害我們。

「而且，那道結界受到激化，不只鬼魂無法進出，連有實體的你們也被困在裡面出不去了。」

「啊……？陳蘋，妳知道他是誰嗎？能不能叫他來替我們解開結界啊？」

正當穆丞海詢問著謎樣大叔的身分時，遠方突然傳來姜維瀾焦急的聲音。

「你們快出來，『那個人』來了，我沒有辦法在他面前讓空間之術施展太久，再慢的話，你們可能會被永遠留在深層意識裡頭。」

「我們快走吧。」

牽起穆丞海和洋伊的手，陳蘋走向姜維瀾替她開啟的門，回到現實世界。

Chapter 8

真正的天師，藏得比馬里亞納海溝還深

對外頭的人來說，從他們看見穆丞海拉著陳寧進入休憩室，到方以禾和姜維瀾談話結束，不過是一眨眼的時間，箝制住天師們的束縛就突然被解除。

「好舒暢啊！終於可以好好發揮了。」江上人扳動指節，發出狂笑，噬血的眼神讓鬼怪看得心裡發寒。

趙老師和盧仙姑亦同時擺出防禦架式。

相較之下，殷天師和羅天白對其他鬼怪都沒有半點興趣，他們第一時間就往小休憩室跑，前者關心穆丞海安危，後者則想抓住穆丞海，把他交給韓綾。除了他們，王希燦、胡芹、張製作等人也跟了上來。

休憩室的鎖已被打開，裡頭的穆丞海和陳寧昏倒在地。

洋伊已經脫離了歐陽子奇的身體，回到不穩定的黑影狀態。他緊緊依靠在陳寧旁邊，縱使在陳寧，不，應該改口稱她為陳蘋。他在她的深層意識中已經解開了心結，不再與穆丞海敵對，但還是小心翼翼地護著自己的最愛。

歐陽子奇的意識還有些恍惚，他的身軀虛弱又疲憊，只能癱坐在沙發上，離穆丞海有一段距離，但他不擔心穆丞海的安危，因為早一步瞬移進來的林豔青和小桃，已經圍到了他的身旁，胡芹、殷大師也一起靠上去檢查他的生命跡象。

徐立展、賽洛斯館長以及張凱能，則是硬把羅天白和韓綾擋在門口處，不讓他們添亂。

啊！漏講了一個根本是來湊熱鬧的老皮。

關心陳蘋和穆丞海的鬼魂們臉色都不怎麼好看，只有老皮把小休憩室當成遊樂園，在空中飛來飛去，還不時發出怪笑聲。

姜維瀾主動牽住方以禾的手，退至房間角落，這舉動令方以禾驚訝不已。透過接觸，她看見姜維瀾和穆丞海在意識空間裡的對談，眼眶頓時變得濕熱，和姜維瀾相握的手力道加重，彷彿永遠都不想再放開。

姜維瀾露出笑容，「剩下的，我們就別干涉了？」

「好。」方以禾回答，人界的事他們已經沾染太多，該是時候靜靜當個旁觀者了。

「穆丞海……」

是誰在叫他？聲音忽遠忽近的，聽起來好熟悉。

「打他兩巴掌看看？」

「豔青姐，不然妳再拿扇子敲他的頭好了。」

「這樣會不會更醒不過來啊？」

「反正他要是死掉，靈魂飄出來，我們正好可以圍毆他。」

「好主意耶！」

好吵……而且這群人是怎樣？到底是要他醒，還是要他不醒啊？

穆丞海緩緩張開眼睛，身旁圍繞著好多的人跟鬼，而離他最近的是殷天師。

殷天師握著他的手腕，不斷念咒。

「醒了，醒了——！」胡芹大叫。

「好可惜……」小桃不悅地嘟囔著，但穆丞海看到她的雙眼早已哭腫，在見到他醒來時，臉上的笑容藏也藏不住。

「你們……」穆丞海坐了起來，「讓我安靜睡一下很難嗎？」

他在深層意識裡做了許多事情，確實是想要好好休息一下，但穆丞海之所以會這麼說，更多是想掩飾現在心裡的感動與害羞。

這幾張圍著他的臉全寫著擔憂與如釋重負，讓他知道自己有多幸運，有這麼多人關心、這麼多人愛著。

「身體沒事吧？」人群後頭，一道聲音像支冰冷的箭，劃破溫馨的氛圍，朝穆丞海射去。圍著穆丞海的人與鬼全部自動自發地閃到一旁，讓出空間。

穆丞海朝聲音來源看去，是歐陽子奇。

子奇看起來沒事，真是太好了！

他天真地揚起笑容，心花怒放地回應他，「嗯，身體沒事。」

「很好。」

恢復身體操縱權的歐陽子奇朝穆丞海走去，一把揪住他的衣領、拉他站起，以迅雷不及掩耳的速度直接朝穆丞海臉上賞了一拳。

噢……！旁觀者們同時露出感受到疼痛的表情。

「你……」又被附身了嗎？

穆丞海驚恐地回望陳蘋的方向，黑影狀態的洋伊站在原處沒動，甚至雙手一攤，表示歐陽子奇此刻的舉動與他無關。

這一拳揍得很扎實，歐陽子奇完全沒有克制力道。

剛進入休憩室不久的薛畢吹了聲口哨，大有快樂看好戲的意味。

「剛剛為什麼不反抗？」

聽到歐陽子奇的問話，穆丞海確定他是處於清醒的狀態，沒有被任何鬼魂附身，不過這個認知讓他覺得更詫異了！

歐陽子奇常常耳提面命，身為藝人最重要的，就是要小心避免讓臉部受傷，結果對方現在竟然直接打他的臉。

火燙燙的感覺從臉頰傳來，不用照鏡子也能知道，他的臉現在一定腫得像麵龜一樣。

還是說，因為MAX有解散、退出演藝圈的可能，所以也不用管臉怎麼樣了？

「你想跟我一起死在這裡？」歐陽子奇繼續追問，字字句句都是從齒縫中迸出來的。

「……你怎麼知道的？」穆丞海下意識摸著自己的脖子，上頭還留有歐陽子奇被洋伊附身時，掐著他所造成的紅印。

穆丞海很確定陳蘋用言語誘惑他的時候，他就只有在腦中想著一起死也不錯，並沒有真的說出口。那歐陽子奇是怎麼知道的？難道姜維瀾也偷偷將他們兩個的深層意識做連結了？

「看你不掙扎也知道你在想什麼！」

答案並沒有穆丞海想的那麼複雜。歐陽子奇和穆丞海在琴房「扭打」過，他知道如果穆丞海認真想要掙脫，還是辦得到的。即便沒有琴房的經歷，以他對穆丞海的了解，光是看他的眼神與反應，也可以知道他那單純的腦袋瓜裡都在想些什麼！

「他們說我想跟你一起死，這種鬼話你也信？」白癡！笨蛋！到底還要自己多替他擔心！

「原本是不信的啊！只是聽到陳寧說你會被洋伊附身，是因為你們的想法一致、波長符合，所以我才相信你心裡也是那麼想的嘛……」穆丞海弱弱地替自己辯解，「雖然我們說好回去以後要努力看看，但如果一起死在這裡的話，就不用煩惱會被你爸要求退出演藝圈的問題……」

「呆死了！如果要想法跟波長的頻率相符合才能附身的話，那我當初怎麼可能附得上子奇的身啊？我不是男人，是個嬌滴滴的可愛女高中生耶！我只愛粉紅色的 **Hello Kitty**、帥哥跟甜點，沒事就愛到處追星，難道子奇也有這些嗜好嗎？」

當然不可能。

如此無力的辯解已經讓穆丞海顯得很淒慘，人都在井底了，還被小桃突然插入的話，丟了好幾塊殺傷力強大的石頭進去。

但是啊，小桃妹妹，就算妳是想藉此說明「附身」跟「波長、想法」無關，也用不著把妳曾經附身子奇的事情都抖出來吧！這件事他可還沒找到機會跟子奇說耶！

「喔？原來我今天不是第一次被附身？」歐陽子奇的表情陰晴不定。

小桃點頭。她爆料爆上癮，一爆接著一爆，「不只是我，連賽洛斯館長也附過你的身喔！」

突然被提到的普尼．林．賽洛斯摘下紳士帽，漾開禮貌的微笑，「是的，那次真的是非常美妙的經驗。」

小桃之所以會知道拜桑歌劇院裡發生的事，是因為穆丞海他們在進行「百物語」儀式時，鬼怪只要一被提到，就會進到陳家宅邸來，只是因為一百個故事還沒講完，所以無法現身讓儀式中的人類看見。

全部的鬼怪都待在那個「預備區」裡，等待第一百個故事被說完，閒著也是閒著，於是他們這群因為穆丞海聚集而來的鬼魂們，就開始閒話家常了起來。

老皮很健談，普尼．林．賽洛斯館長說話也很風趣，把穆丞海在拜桑歌劇院發生的趣事都說出來了。

「那我被附身之後，都做了些什麼？」

「賽洛斯館長附上你的身，變成歌劇魅影裡的魅影，還和穆丞海對戲呢！」小桃的料越爆越多，「賽洛斯館長還說，穆丞海那個時候超想救出被館長附身的你，使出渾身解數演完戲碼，讓館長超感動的，還玩得很盡興。」

「所以，我被附身的事情，海都知道？」

「對喔，就跟這次一樣。每一次你被附身，穆丞海都知道得一清二楚喔！尤其是我附上你身的那次，還跟穆丞海……嘻嘻，哎呀～人家不好意思說啦！」小桃的臉染上緋紅，嬌羞地依偎進豔青姐的懷裡。

小桃，妳是故意的吧！明明就只是發生一些十六禁的事情，硬要表現得像是十八禁一樣，加油添醋地說給子奇聽，再加上妳之前激怒韓綾的舉動，妳果然是真的想害死我。

「穆、丞、海……」

「怎麼了？嘿嘿……別太激動，這樣對身體不好。」穆丞海試著遠離歐陽子奇，奈何小休憩室裡已經塞滿了眾多的人與鬼，他實在沒有多少空間可逃。

「原來你的約定都只是隨口說說的啊——」他那拉長的尾音，把穆丞海的心懸吊得好高。

隨著歐陽子奇的一字一詞，穆丞海就覺得被揍的臉上又多疼了幾分。

「我們說好，彼此不管發生什麼事都不能隱瞞的。結果你沒跟我說的事情，倒是挺多的嘛！」

「你也沒跟我講你在煩惱拆團的事啊……」穆丞海弱弱地回嘴，完全展現不出抱怨對方的氣勢來。

「你們要拆團？」第一次聽到這件事，旁觀的薛畢很好奇。

「沒有要拆團啦！只是MAX要先暫緩工作，子奇要陪他爸把身體養好，我也要空出時間，在老爸所剩不多的日子裡多陪陪他，所以才做出MAX要暫停演藝圈工作這個決定。」

「什麼叫『老爸所剩不多的日子裡』？」薛畢越聽越迷糊。

「咦？老爸也沒有跟你講嗎？他癌症末期的事。」

在場的人全因這個消息而嚇了一跳，青海會會長癌症末期？這會是多大的新聞啊！那青海會的接班人決定了嗎？是穆丞海會繼承，成為下一任的會長嗎？

跟靳騰遠交情最深的薛畢反倒冷靜，「……癌症末期？」

「嗯嗯，你也不知道嗎？其實老爸也瞞著我沒說，是程叔叔偷偷跑來跟我透露的。」

「不對啊，我記得藍卓里上個月的健康檢查才……」

「才什麼？」

薛畢突然止住話，似是想通了什麼，笑得相當邪惡。他拍了拍穆丞海的肩，話鋒一轉，「既然這樣，你就當個孝順的乖兒子，多陪陪你老爸吧。」

陳蘋這才甦醒過來，洋伊沒有實體，無法將她扶起來，陳佑跑到姊姊身邊想要幫忙，但力氣不夠。

休憩室內的人與鬼全都警戒地盯著陳蘋，只有穆丞海走過去扶她。

「你們也聊得太開心了吧。」陳蘋有股力氣耗盡的虛弱。

「妳還好嗎？深層意識裡發生的事情，是不是對妳影響很大？」

「沒那麼嚴重。」陳蘋在穆丞海的攙扶下找了張沙發，舒服地坐下。「倒是你，維瀾把天師們的靈力封印都解除了，別忘記這間宅邸不只有我想要取你性命，還有想找你復仇的韓綾跟羅天白。」

陳佑爬到陳蘋旁邊的位置坐下，以不認同的表情看向她，臉頰氣鼓鼓的，「寧姊姊好壞，怎麼可以害棒棒糖哥哥啦！」

「小佑，她是……」穆丞海剛想告訴陳佑，眼前的姊姊並不是陳寧，而是陳蘋，卻看見陳蘋朝他搖頭，阻止他說下去。

「小佑，真的很抱歉，寧姊姊做錯了。我原本想著，洋伊哥哥可以靠子奇哥哥穩定住身體，留在宅邸裡。而棒棒糖哥哥跟子奇哥哥感情好，小佑也很喜歡他，所以希望他能跟我們永遠住在一起。」

「小佑是真的很喜歡棒棒糖哥哥，但是我們不能強迫人。」陳佑頗有大人的氣勢，肥短的手扠著腰，教訓起他的寧姊姊來。

「嗯，寧姊姊知道自己錯了，以後絕對不會再強迫人了。」

「打勾勾。」

「好。」

姐弟倆發出銀鈴般的笑聲，現場的蘿莉控跟正太控看得都心花怒放。

陳佑見姊姊的氣色不佳，以為她是肚子餓了，跑出去替她找點吃的。

趁這個機會，穆丞海小聲地問著陳蘋，「妳不打算告訴告訴小佑，妳其實是他的蘋姊姊？在深層意識中的妳，是那麼地在意被當作是陳寧的替身，害怕真正的自己會消失。那讓小佑知道真相，不是很好嗎？」

陳蘋搖頭，「在小佑懂事後，我就是以寧姊姊的身分跟他相處的。如果告訴他我是蘋姊姊，表面上或許只是改了個稱謂，但如果他細究原因，我會不知道該如何跟他解釋我所做的一切，我擔心他會無法接受。」

這是真正為家人著想的愛，無庸置疑。

「太好啦！這真是皆大歡喜。」張製作不清楚穆丞海和陳蘋之間發生過什麼事，不過看起來和樂融融的，相當不錯，「那……請問是不是可以放我們出去了呢？」

胡芹低頭看著手錶，已經上午九點了，然而窗外的天色依舊如午夜般漆黑。

大家期待地轉頭看向姜維瀾。

但姜維瀾卻出乎大家意料地搖頭，「我困住大家的法術早已經解除了，此刻大家還出不去的原因，是宅邸外圍的結界。那個結界太強大，我無能為力。」

突然，有兩道咒術攻擊先後射入休憩室，第一道是羅天白發出的，他想要攻擊穆丞海，被殷大師攔下，第二道則靠著第一道掩護，陰險地往陳蘋射去。

洋伊的黑影迅速護在陳蘋前頭，迎上那道惡意的咒術。

「洋伊！」

黑影被咒術打散，差點消失在空中。

姜維瀾和方以禾趕緊聯手，用樹葉與藤蔓編織出一個人偶，讓洋伊不穩定的魂魄得以附在上頭。

「謝謝你們。」陳頻緊抱著洋伊，擔心自己稍有鬆手，對方就會不見。

羅天白和韓綾緩緩走入，「抱歉打擾你們的溫馨聚會，但是我們還有些事情得和穆丞海算清楚，你們其他人只要不出手，我們保證不會殃及無辜。」

基本上他也是屬於無辜的那一邊好嗎？穆丞海在心裡嘀咕。

然而一道銳利的紅光襲向他們，羅天白趕緊護著韓綾躲開。

「嘻嘻嘻……不行喔，你們的恩怨晚點再處理，我等不及了。」江上人恢復靈力之後，整個人變得更加詭異，看著姜維瀾他們的表情更癲狂了，「姜維瀾、方以禾還有陳寧，我要你們身上的所有靈樹的力量！」

江上人的靈力突然高漲，連羅天白和殷大師都不敢貿然靠近。

羅天白評估過後，判斷現在的江上人他沒有辦法輕易解決，如果硬著頭皮對幹，恐怕會讓殷天師漁翁得利。於是他在韓綾耳畔說了幾句話後，韓綾點頭，兩人便退回交誼廳，隔山觀虎鬥。

至於殷大師，最終他還是選擇站到江上人面前，正面對決。

「天啊！到底是怎樣，怎麼又有一個天師藏得這麼深啊！」看見變了身的江上人，趙老師發出嚎叫。

羅天白、殷天師，他們真的都是屬於大師等級的，現在連江上人都展現出不同的氣勢，看來現場的天師就只剩他跟盧仙姑是「一般人」了……咦？等等，事情真的是如他所想的嗎？

趙老師看向盧仙姑，盧仙姑也回望著他。

「盧仙姑，等會兒妳不會也突然變身成超級厲害的天師吧？」

「我也希望能如此。」可惜，她就只有那點能耐。

江上人跟殷天師開始對決，各自飛快地使出咒術，在空間中激盪出五顏六色的火光，被流彈掃到的家具應聲碎裂。天師對決，實在沒有鬼怪們插手的餘地，大伙們趕緊逃出休憩室外。姜維瀾趁機護著方以禾離開，陳蘋則和附在人偶上的洋伊一起走。

反正沒打倒殷天師，就不可能好好地吸取靈樹的力量，江上人因此也不急著去追他們。

休憩室外的交誼廳雖還維持著原本的寬敞，但也是亂成了一團，天師的靈力封印解除，壓制眾鬼不要做亂的力量也隨之消散，被召喚出來的鬼怪因此又開始到處追著人跑。

「到底是誰說撐到天亮就好的啊？」逃命的人群中傳來抱怨。

「是我。」羅天白大方承認，「抱歉，我只是隨便說說的。」

他跟韓綾坐回先前的位置，羅天白在說話的同時，掏出符咒打飛了一隻想要攻擊他們的鬼怪。而韓綾有羅天白保護，此刻還能悠哉地喝著花茶，四周的混亂就當電影在欣賞。

有個天師男友其實也挺不錯的。紅心Q和喵控邊被追著跑，邊這麼想著。

「維瀾，你要不再施展一下法術，將這些鬼怪壓制住？」眼前都是有過情誼的人，方以禾也不忍心看著大家驚慌失措、被鬼怪追著到處逃竄的樣子。

「不，已經不需要我出手了。」

姜維瀾轉頭看向交誼廳的大門，方以禾也順著他的視線看去。

交誼廳的門緩緩打開，一隻枯瘦的手臂握在門把上，乍看之下還以為是地底的白骨終於突破結界、爬到這裡來了。一張倒三角形的臉接著出現，上頭帶著濃到不能再濃的黑眼圈，

雙頰凹陷，一件鄉下阿伯會穿著出門的泛黃背心，搭配藍白拖鞋，輕易地吸引住交誼廳內眾人的目光。

乍看之下，真的很難分辨出是人還是鬼。

是鬼的話，沒人有印象「百物語」的故事中有提到過這類形象的妖魔鬼怪。是人的話，拍攝的這些日子更是沒見過他在場。

天師們對於對方是怎麼穿過屋外結界而感到疑惑，連鬥得火熱的殷天師和江上人都暫時停戰，看著這個莫名闖入的人。

張凱能和朵莉菲倒抽了一口涼氣，那人他倆並不陌生，他就是這棟陳家宅邸的擁有者——陳則義。

「完了完了完了，真的巴比Q了。被屋主知道我們把他的房子搞成這樣，這

下賠慘了啦！」張凱能湊到朵莉菲身旁，欲哭無淚。

陳則義見到屋內的景象，態度卻淡定得不可思議。他兀自從帶來的便利商店購物袋裡掏出兩罐提神飲料，旋開瓶蓋後，咕嚕幾下一口氣就喝個見底。他抹抹嘴角，就看見陳蘋難得地主動離開洋伊身邊，朝他奔來。

「義叔叔，你真壞，也來得太晚了。」

陳蘋投入陳則義的懷裡撒嬌，想不到陳則義那副瘦弱的身軀竟能挺得住陳蘋的衝撞力，腳步站得穩穩妥妥、分毫未移。

「不晚，時間抓得剛剛好，都在掌握之中。」

說著，他彈指，交誼廳的天花板十隻烏鴉霎時現身，眼睛發著紅光，以各種不同的方向照射進室內。

看到這術式的當下，殷天師頓時全明白了。

陳則義溺愛地摸著陳蘋的頭，比鬼還蒼白的臉上露出笑容，「蘋ㄚ頭，如何，都想通了嗎？」

陳蘋點點頭，「嗯，都想通了，義叔叔對不起，因為我的執念，害得你這麼辛苦。」

「這辛苦也是叔叔甘之如飴的，誰叫你們一家孩子都這麼惹人疼愛，叔叔我也是有愧疚想彌補，當初如果有我在，來得及阻止妳吃下第一顆靈樹的果實，這一切或許就不會發生了。」

陳蘋聞言，立刻抱緊叔叔，渾圓的眼眶裡盡是愧疚與感激的淚水。

在烏鴉的控制下，屬於人類的《鬼影任務》工作人員和來賓們聚集在其中一個角落坐下，鬼怪則在另一頭的牆壁旁聚成一團，還有一區是「百物語」儀式下召喚出來的神佛類。天師們則是在陳則義的面前站定。

「原來那個謎樣大叔是陳寧的叔叔，實力看起來也不弱啊。」跟工作人員聚在一起的穆丞海疲累得不得了，隨手拿起一壺水，就著口便喝了起來。

「可能不只是不弱這麼簡單。」歐陽子奇坐在穆丞海身邊觀看天師們的舉動，手裡還抓著不知從哪裡拿來的冰袋，替穆丞海敷著被他打腫的臉頰。

「能兩三下就把江上人給控制住，一定也不是省油的燈。」坐在歐陽子奇旁邊的王希燦也開口了，他擺出一副看好戲的樣子。

江上人原本不打算服從陳則義的安排，朝他展開攻擊，但陳則義只憑一招，就將他綑綁起來、丟在角落，讓他動彈不得。

羅天白和韓綾很識時務，他們乖乖遠離陳則義，倚牆而立。

接著，只見殷天師走到陳則義面前，兩手抱拳，彎身一揖，「晚輩拜見師伯。」

穆丞海一口水噴得好遠。

「咳！咳……咳……咳咳！」

歐陽子奇趕緊接過他的水瓶，替他拍拍背部，順暢氣息。

「咳……殷大師剛剛叫他什麼？」穆丞海不敢置信。

「師伯。」歐陽子奇的臉色也變得有些不淡定了。

「竟然有比殷大師更厲害的角色出現了！」穆丞海把陳則義從頭到尾徹底打量了一遍，就算把他設立的結界真的很厲害這點一起算進去，他還是說服不了自己。他頻頻搖頭，「這說出去誰會信。」

明明看起來比趙老師還像個神棍，卻比殷天師厲害。

「今天謝謝你們，才能讓我心愛的姪女解開心結。」

陳則義抬手示意殷天師起身，「瞧你的術式，你是葉罡那小子收的徒兒？」

「正是，師侄殷瑞是葉罡師父收的大弟子。」

「葉罡的九重天，你練到第幾重啦？」

「回師伯的話，師侄不才，目前只練到第七重。」

「唉呦，不錯、不錯，葉罡收了個好徒兒呢！不只正氣凜然，心中有道，葉罡那一派，也已經很久沒人能突破第五重啦！」

「義叔叔，你晚一點再敘舊啦！先解決這一屋子的混亂，趕快放大家出去吧。」

第一次，全場人員打從心底興起了想替陳寧鼓掌的念頭。

「好好好。」陳則義寵溺地笑著，捏了捏陳蘋的臉頰，才吹了聲口哨。

天花板的十隻烏鴉往陳家宅邸的各個地方飛去，整棟房子迅速恢復成他們第一天剛來時的樣子。

召喚出來鬼怪已經不見了，只剩陳家人的鬼魂圍著圓桌和陳則義敘舊。

天師們的恩怨，尤其是羅天白和殷天師，他們各自為著韓綾和穆丞海而起的衝突，陳則義並不想介入，只是好心地用結界圍出一個鬥技場，讓羅天白和殷天師在裡頭盡情地互相比拚，用術法一決勝負，再大的威力都不會損害到結界外的一切。

「陳大師。」穆丞海在結界外看了許久，實在看不出個所以然來，只好拉把椅子，硬是塞進了陳則義和陳蘋中間，「殷大師不會有事吧？他……應該打得過羅天白對吧？」

「呵呵，小子，你太小瞧你的殷大師了。」

陳家人沏著各種花茶，品嘗不同年分的紅酒，只有陳則義，他最愛的還是自個兒帶來的提神飲料，兩三下的工夫又喝掉了一大罐。

「你那殷大師的七重天可是實打實地練上來的，不像羅天白用了太多偷雞摸狗的方法，學他們那一門的術式。表面上看起來雖然厲害，但一個控制不好，那反噬的力道可是不容小覷的。」提神飲料沿著嘴角流了些出來，陳則義用手背胡亂抹了抹嘴，「倒是你，陰陽眼沒關好吧？」

「小海的陰陽眼不是已經關閉了嗎？」胡芹疑惑道。

穆丞海轉身，不只他拉著椅子來找陳則義，他的背後已經坐滿了一堆愛聽八卦的人，其中就包含MAX八卦女王胡芹。

「因為一些因素，陰陽眼只關了一半，看是看不到了，但有時還是能聽到些聲音。」穆丞海解釋。

「嗯，既然殷瑞師侄還在忙，趁這個時間，我來幫你把感覺跟聽覺的部分也一併關閉吧。」

「這樣丞海就可以回到真正的正常人生活了！」胡芹歡呼。

「可是，這樣好嗎？會不會太麻煩陳大師了？」

因為跟殷天師熟，加上殷天師與靳騰遠又有僱傭關係，穆丞海找殷天師處理事情時，從來不會覺得太過不客氣或者不好意思。

但陳則義不一樣啊！他可是殷天師九十度鞠躬，尊稱一句「師伯」的人，是他這種凡夫俗子可以請託的嗎？

「呵呵，你別想太多，就當是你解開這丫頭的心結，做為叔叔的我還給你的恩情。」

「棒棒糖哥哥，你就讓叔叔幫你嘛！」陳佑跑到穆丞海身邊勸說道。

「還是你覺得被鬼嚇到跌倒，撞到東西，那些疼痛都已經無所謂，可以忍受了？」歐陽子奇不知何時來到了穆丞海身後，輕柔勸說的同時，修長的手指卻不客氣地在他腫脹的臉上來回壓揉，痛得穆丞海髒話都快飆出口了。

「好好好，陳大師，我接受，麻煩你了。」穆丞海朝陳則義九十度鞠躬，眼角偷偷瞪向歐陽子奇，後者故意聳肩，一副你又能奈我如何的樣子。

陳則義即刻召出一隻烏鴉，與還未離開的神佛溝通。接著，他示意穆丞海走到神佛面前。

一道金光籠罩著穆丞海，很溫暖，他可以從光裡感受到源源不絕的力量。

「誠心誠意地想著你希望達成的事。」神佛充滿威嚴的聲音傳來。

「我想要徹底地關閉我的陰陽眼，再也看不到靈界的鬼魂……當然，如果能給我一點超能力，讓我可以隨便發個不耗魔的法術就將鬼怪打趴，也是可以的啦！」

「兩個願望都要實現嗎？」神佛問著。

「穆丞海，你可以再繼續亂想沒關係……」遠處傳來了歐陽子奇的警告。

「對不起，我只要前半段那一個願望就好。」穆丞海抖了一下，對著神佛更正自己的願望。

「其實，如果你想要實現第二個願望，不需要動用神明的力量，陳則義就可以教你。」

「也是啦！我只是想說，陳大師跟殷大師的神力也是學來的，如果我能直接跟祢們取得能力，不是更快、更好嗎？」穆丞海竟然和神佛聊起天來了。

「你如果想跟我們要也是可以，但是付出的代價就會變得更多。」

「什麼代價？」原來還要付出代價喔？天底下果然沒有白吃的午餐。

「你的壽命。」

哇，這也太貴了吧！拿自己的命去換個超能力是有個啥用。

「不過，如果你一次換兩種願望，我們可以給你折扣。」

穆丞海頓時額上三條線。現在是怎樣，連神佛都有業績壓力了嗎？

最後，穆丞海只要了一個願望，在神佛的幫助下，終於真正地關閉他的陰陽眼了。

金光散去。

穆丞海往交誼廳內一眼望去，他現在能看到的只有人類，以及能夠在人類面前現身的姜維瀾和方以禾，就連神佛們他也看不見了。

殷天師已經戰勝了羅天白，將他綑綁起來了。

「殷大師，你打算怎麼處理羅天白？」歐陽子奇問。

「羅天白犯下的過錯眾多，雖然沒有親手害死韓綾，無法用人世間的法律制裁，但是濫用法術的部分，道士公會會給予他嚴厲的懲處。」

其實羅天白的下場如何，歐陽子奇並不怎麼關心，他只想知道對方還能不能威脅到穆丞海的安全。

「至於韓綾，神佛已將她帶至身邊，是囚禁、也是修行，只能看她自己的造化。沒有羅天白的幫助，她也無法回再到人間迫害丞海或其他人了。」

至此，歐陽子奇總算是能真正地放下心了。

「師侄。」陳則義走到殷天師和歐陽子奇身邊，意有所圖地對著與他們站在一起的穆丞海燦笑，「你有打算收這小子為徒嗎？」

殷天師還沒說話，倒是穆丞海先感到詫異了，「我？」

我何德何能啊！

「我看他性子不壞，思想也很善良單純，你會這麼傾力幫他，也是看在這一點上吧。」

「瞞不過師伯，確實如此。」

「我看他挺適合學習我們的術法的。如何？你要收他為徒嗎？」

「這倒不是我收不收的問題，而是要看丞海志向在不在此。」

「不在！」穆丞海趕緊表態。

「唉，強摘的瓜不甜，可是你還是讓我心好癢。」陳則義摸著滿是鬍碴的下巴，眼睛直勾勾地盯著穆丞海看，瞧得他心裡發慌，背部滲汗。「不如我先教你一招玩玩，練出興趣的話，以後再說。」

陳則義附在穆丞海耳邊，說了一段話。

穆丞海眼睛都亮了，「真的？這樣就可以召喚出那麼厲害的烏鴉嗎？」

「小玩意兒，試試看。」陳則義慫恿。

這才不是什麼小玩意兒咧！「殲鴉十式」可是入門弟子才有辦法學的高等術式，「師伯，您這樣師侄都要忌妒了，呵呵。」

說歸說，殷天師卻是打從心底地替穆丞海感到高興。

「別慌別慌，師伯等等教你些訣竅，助你早點突破七重天。」

「多謝師伯。」

趁著陳則義和殷瑞聊天的時候，穆丞海照著陳則義教他的方法，想召喚出屬於自己的第一隻殲鴉。

在一陣光芒之後，穆丞海竟然真的召喚出來了！

是一隻——

麻、雀。

「噗！」歐陽子奇忍不住笑出聲。

小麻雀一會兒跳到穆丞海肩上，一會兒停在他頭上，哪有陳則義的殲鴉那麼有氣勢，他都汗顏了，再加上被歐陽子奇那麼一笑，面子掛不住啊。「這很不容易的，要不你自己來試試。」

「我？」歐陽子奇楞睜。

這可是人家的獨門術法耶！豈是隨隨便便就可以給別人學的？

結果陳則義根本不在意，「丞海，把我跟你講的方法教給子奇，讓子奇也試試。」

「好，嘿嘿嘿。」

穆丞海以一副看好戲的心態附在歐陽子奇的耳邊，把方法說給他聽。語畢，還朝他的耳朵吹了口氣，惹來歐陽子奇的身體一陣顫慄。

「加油！看你的了。」穆丞海說得怪裡怪氣的，心裡卻在歡呼——他發現歐陽子奇的敏感帶了，竟然是耳朵耶！喔耶！他有保命符了，以後只要子奇欺負他，他就朝子奇耳朵吹氣好了。

歐陽子奇照著方法做，一陣光芒後，出現的是——

一顆……

蛋。

「呃……」

「噗……」

「就說這很難的。」穆丞海幸災樂禍。小麻雀依舊停在他頭上，卻對歐陽子奇召喚出來的那顆蛋很好奇。

歐陽子奇把蛋撿起來，捧在手心，「雖然召不出殲鴉，但好歹也是我的第一次，留做個紀念吧。」

「原來不是要煮來吃的啊？」

當穆丞海打著那顆蛋的主意時，下一秒，蛋殼居然開始龜裂。裡頭的小生物啄著啄著，啄出個小洞，脫殼而出。身上是靛藍與純白相互參雜的羽翼，牠輕輕用鳥喙碰著歐陽子奇的掌心，然後喬了喬角度，蜷著身體睡去。

「這是……」殷天師納悶，丞海和子奇召喚出來的竟都不是殲鴉。

「呵呵，竟然是東青！是幸，也是不幸。」陳則義笑道。

「陳大師，此話怎解？」歐陽子奇問。

「丞海雖召出了小麻雀，還是可以練就麻雀十式，但是東青鳥不同，這可是能力最強，亦是忌妒心最強的鳥啊！牠是絕不允許你再有其他鳥的。」

換言之，歐陽子奇充其量就只能練就東青一式了。

「沒關係。」歐陽子奇笑著撫摸小東青的羽翼，「我有他就夠了。」

陳則義看看歐陽子奇，又看看穆丞海，嘴角忍不住上揚。

東青是忌妒心最強的鳥，同時也是最專情執著的鳥啊！這個召喚出東青的主人，何時才會頓悟自己為何會召喚出東青呢？

東青的顏色，亦是海的顏色呢！

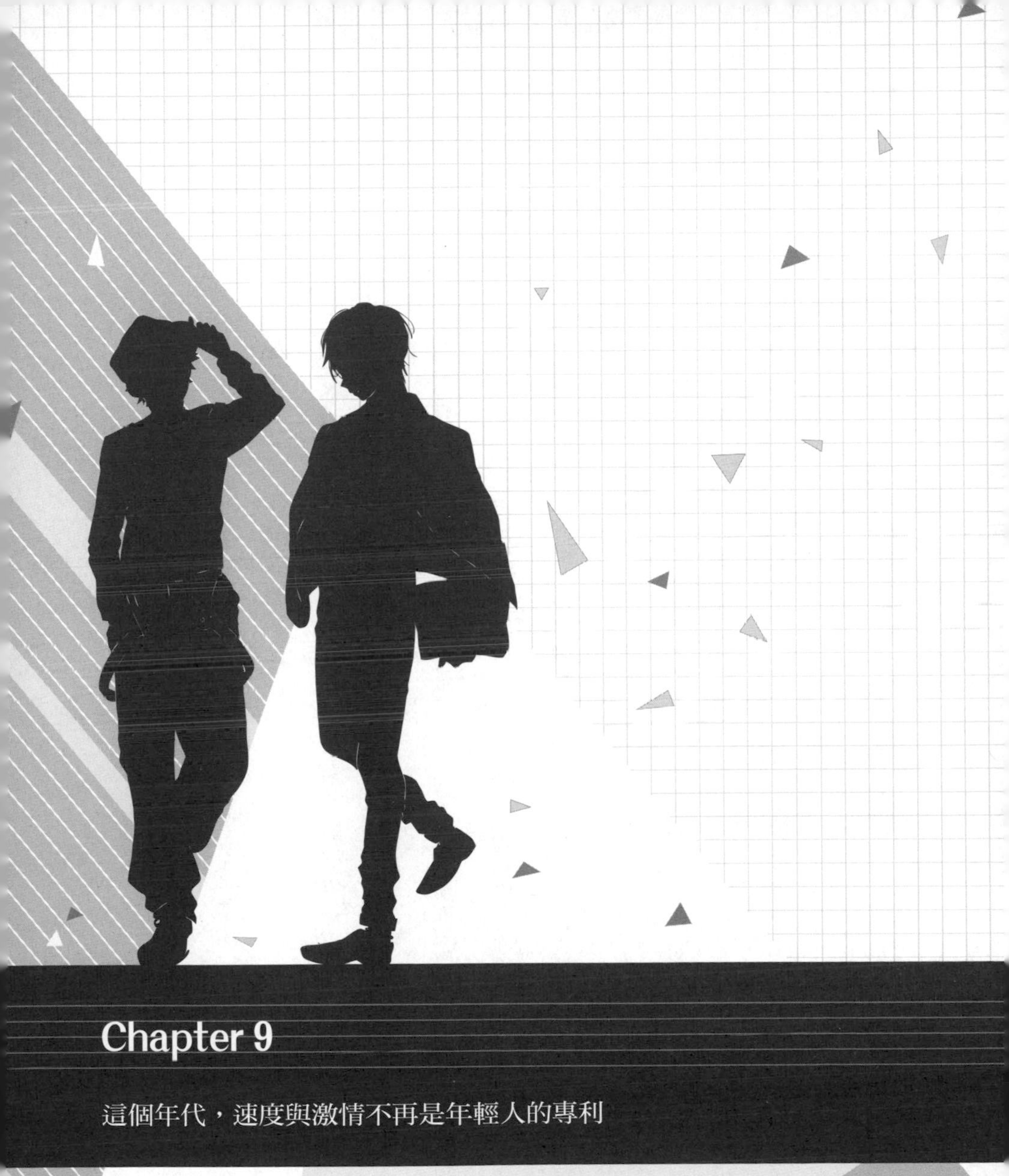

Chapter 9

這個年代，速度與激情不再是年輕人的專利

黃昏時刻，遠處的夕陽懸在地平線上，散發橘紅和暖的光亮，搭配涼爽的微風吹拂，有如大自然在替人們的肌膚做SPA，放鬆身體緊繃的同時，也驅走了一整天因生計奔波而帶來的疲憊。

歐陽家富麗堂皇的宅邸園區，兩道影子被夕陽拖得好長。

其中一人穿著線條結構明顯、深藍色半合身剪裁的套裝，除去正式西裝的生硬感，精巧的設計傳達出幹練的氣息。但即使從頭到腳都經過專業的造型師打造，他仍擔心衣服上會有皺褶，因此緊張地頻抓衣襬，梳理髮絲深怕亂翹，完全無法感受上帝製造的、這溫度宜人的恩寵時刻。就連伸手握住母親留給他的項鍊，都無法停止焦慮。

穆丞海深吸了口氣，長嘆。

平常以MAX身分參加影劇拍攝、戶外活動，甚至面對大批歌迷與媒體時，他都還沒像此時此刻這般在意自己的形象。而這股重視，就是為了能給子奇他爸爸一個好印象。

是的，今天他和歐陽子奇一同出現在歐陽家的目的，就是要去親自說服歐陽子奇的父親歐陽奉，讓他能夠打從心底支持他們以MAX組團的方式，繼續留在演藝圈裡工作。

這個問題從他們出道時就存在了，以往一直被歐陽子奇霸道地擱置，覺得不需要去處理這個問題。

對比穆丞海衣著的隆重，歐陽子奇則悠哉地像只是從房間晃到廚房冰箱拿瓶飲料，服飾從頭到腳都走低調的簡約風格，就連那件和穆丞海成套的西裝外套，還是穆丞海怕自己穿得太突兀，東求西求歐陽子奇，他才勉為其難地套上的。因為如果只有他一個人有經過精心打扮的話，就太奇怪了。

原以為已經打理好穿著，只要專心煩惱如何勸說歐陽奉就夠了，但到了歐陽家的此刻，穆丞海又突然覺得自己的穿著不夠正式。

歐陽奉是商業巨擘，常在正式場合內洽談商業合作，穿西裝打領帶對他們來說是很習以為常的事，自己現在一改傳統西裝樣式，穿得像是要走星光大道一樣，會不會顯得很可笑？萬一被歐陽奉誤以為他不重視這場會面，該怎麼辦？

而且，他們要如何說服向來反對的歐陽奉改變心意呢？

歐陽子奇看得開，說不需要先套好招，只要堅定地把他們的想法說給他爸爸知道就好。但是穆丞海還是在心裡不斷排演可能會發生的情況，想要事先擬定多套說詞，甚至做好了長期抗戰的心理建設。

等等見到子奇爸爸到底該怎麼說？

是要劈頭就表達自己不能失去子奇，想以MAX的名義，繼續在演藝圈打拚呢？

還是要先跟他爸爸套好交情，等到他爸爸對他的觀感比較好之後，再說出目的？

或者，先讓伯父認同他的實力，了解他能提供給子奇的幫助？

「別緊張。」歐陽子奇輕拍穆丞海的肩，語氣柔軟輕鬆，這若無其事地安慰卻帶來巨大的力量，彷彿所有難題都能迎刃而解。穆丞海才剛要對歐陽子奇的關切感到窩心時，聽到他又補了一句，「醜媳婦總是要見公婆的。」

「去你的。」穆丞海橫了他一眼，手肘朝歐陽子奇的腹部撞去，力道不痛不癢的。被歐陽子奇這麼一鬧，他確實也變得沒那麼緊張了。

「子奇，我問你喔，依你對你爸的了解，他會不會根本不想聽我們說話，一看見我就直接把我轟出去啊？」

畢竟歐陽奉是那麼反對他們組團，他自己也曾很沒禮貌地對歐陽奉嗆聲過，經過那種硬碰硬的場合，伯父應該是真的打從心底地討厭他吧。

「如果是的話，你會直接放棄嗎……？或者，現在就打退堂鼓？」歐陽子奇試探。

「你在說什麼啊？馬上放棄也太遜了，而且我們說好要一起面對的。」穆丞海握拳，語氣中有著他自己都沒察覺到的堅定。

他們可是MAX啊！經歷過戲劇菜鳥接演《豔陽》大片、拜桑歌劇院競演、演唱會被黑道鬧場，這麼多關卡，陰陽兩界跨過來又跨過去的，挺過一個接一個的阻礙，怎麼會在這裡被打敗呢？

絕對不會的。

「是呢，不管過程如何，結果如何，我們都要一起面對。」歐陽子奇將手臂舉高、交疊在身後，伸了個懶腰，嘴角揚起笑容。

而穆丞海召喚出來的小麻雀，則在他頭上發出「啾啾」兩聲，像是在替他們加油。

歐陽家占地廣闊，進出大門跟主宅都是以車子做代步工具，但是為了放鬆心情，歐陽子奇和穆丞海選擇用走路散步的方式前進。穆丞海本來還想說可以趁機欣賞一下歐陽家的美景，但是前半段路他都處於緊繃狀態，根本無法分神去注意四周環境。

現在比較沒有那麼緊張了，終於可以好好欣賞歐陽家的景色。

一路上看見許多尋常人家不會有的設施，例如馬場、高爾夫球練習場，還有不知道是人工還是自然的湖泊，有幾艘小船停在碼頭旁邊。他們的正前方則是好幾棟歐式建築，以主宅建築為中心，座落於蒼鬱樹木之間。

穆丞海再次看向歐陽子奇，這真的是王子住的地方啊！歐陽家到底是多富有啊？

主宅前方是一大片名家設計的花園，曾聽夏芙蓉說過，子奇家的花園會根據季節來變化花種，呈現繽紛燦爛的景致。此刻則是以女神忒提斯雕像的噴水池為中心，藍色調的花卉向四面八方擴散，搭配白色與金色，壯闊得有如海洋，發出粼粼波光。

遠遠的、在噴水池旁討論工作事項的園丁和副總管看見他們，立刻停止對話，朝歐陽子奇點頭致意。副總管隨後拿起對講機，通知屋內的人少爺已回到主宅。

「少爺，您回來啦！」副總管朝歐陽子奇走來。

「爸爸呢？」

「老爺與靳先生在後院的『和齋庭』談事情。」

「靳先生？」歐陽子奇感到訝異，和穆丞海互看了一眼。

「是靳騰遠嗎？」穆丞海焦急追問。

「是的，是靳騰遠先生。」彷彿怕這個訊息不夠刺激，副總管更加碼透露，「這陣子靳先生『常來』找老爺『談事情』。」

他臉色平靜嚴肅，語氣卻若有似無地加重了某些字詞。

穆丞海的表情凝重了起來。雙方的爸爸聚在一起談事情？談到最後會不會直接打起來啊？

為了不耽誤時間，歐陽子奇立刻帶著穆丞海趕往和齋庭。

他們拐進了花園旁的一條小路，以跑百米的速度往主宅後方跑去。

不久後，歐陽子奇和穆丞海氣喘吁吁地抵達和齋庭。

日式造景庭院外側被細心照料的灌木圍籬包圍，頗有遺世獨立的氛圍。中央的和式古亭裡，靳騰遠和歐陽奉在榻榻米上對坐，中間隔著上等檜木製成的方桌，桌上放了些文件，兩老悠閒地喝著茗茶，死對頭的兩人還舉杯互碰。

「老爸！」

「你們……」

歐陽奉和靳騰遠同時轉頭看向錯愕的兒子們。

這氣氛，也太愜意了吧！

不只喝茶，兩人還換上了日式浴衣，享受著徐風吹佛，聆聽造景中小溪流傳來的潺潺流水聲。

「實境拍攝的工作結束了啊？來、來，一起坐下來喝茶吧。」歐陽奉笑著對他們說，吩咐旁邊待命的總管多準備兩份茶具，再拿些小茶點過來。

歐陽子奇和穆丞海脫掉鞋子，聽從地在榻榻米上找了個位置坐下。

他們兩個在凶宅屋裡，為拆不拆團這件事煩惱到差點雙雙被害身亡，結果他們的爸爸竟然時常聚在一起，還悠哉地喝著下午茶？

「這到底是怎麼回事？」就連向來智慧過人的歐陽子奇，此刻也搞不清楚兩家爸爸的葫蘆裡賣的是什麼藥。

「趁你們兩個都在，有些事情，要先讓你們知道。」歐陽奉從頭到尾臉上笑容常駐，他習慣以嚴肅表情對外，這種和藹的樣貌在他身上實屬少見，「吶，點心送上來了，都先吃點吧。」

有一點點……欲蓋彌彰的刻意。

「什麼事要先讓我們知道？」歐陽子奇的臉色與父親相反，越變越難看。

他有預感，等等聽到的事情可能會讓他有想殺人的衝動。

「咳、咳……是這樣的，我的心臟完全沒有問題，開心吧？」歐陽奉看見兒子的額上已經冒出青筋了，於是他連忙把一旁的靳騰遠也拖下水，「還有，藍卓里的身體也很健康，沒有癌症末期。先說喔，當初我們可沒有事先套好。」

喝著茶的靳騰遠險些被嗆到，眼神心虛又帶著怨懟地睨了歐陽奉一眼。

這老狐狸果然心腸壞。

所以，兩邊爸爸都很有默契地使出身體不適的招數，來騙他們兩個人拆團？

穆丞海和歐陽子奇真的徹底無言了。

「你們說，我跟藍卓里是不是很有默契。」歐陽奉呵呵笑著。

從剛才開始，穆丞海就覺得有哪裡怪怪的。他突然理解到，「藍卓里」是爸爸的英文名字，這是爸爸在最珍惜的留學時期裡用的名字，他只讓薛畢和媽媽這麼叫他。現在歐陽伯伯也叫他「藍卓里」，表示這段他跟子奇出生入死的時間裡，兩人的交情已經進展到這麼親暱的程度了嗎？

「爸，既然你和靳叔叔這、麼、有、默、契，沒事先套好招就同時裝病，那你應該可以體會我為什麼喜歡跟丞海在一起，不會再反對我在演藝圈發展，也不會要我跟海拆團了吧？」向父親遞出酸言的同時，歐陽子奇也巧妙地利用父親的愧疚感，提出他和穆丞海今天來找他的目的。

「當然、當然。」歐陽奉正愁著要怎麼讓兒子氣消，有個現成臺階架好給他，走下來就是雙贏的局面，他還不吹著口哨下臺來嗎？

「子奇啊，身旁有個非常懂你的好友，原來是這麼棒的感覺！」

他跟靳騰遠真是相見恨晚。他們彼此對經商的想法十分契合，又能互相提點規畫上的不足，至於一開始導致他們衝突的孩子教育方針這點，經過這段日子的磨合，歐陽奉也漸漸能理解，自己給兒子帶來了多大的壓力。

「不過，畢竟你是我唯一的兒子，如果可以的話，我還是希望你能邊進行演藝工作，邊接手掌管公司的事情。但也不希望你太累，公司這邊量力而為就好。」

歐陽子奇聽完，他點點頭、露出玩味的笑容。他的父親變得有些不一樣了呢，對他的期待，竟然是以演藝圈為主，公司為輔。

「爸，那我呢？我也要邊進行演藝工作，邊幫你打理青海會嗎？」穆丞海轉頭問著靳騰遠，眼中有著期待的亮光。

母親在他懂事前就已經離世，以致於對摯愛的親人永遠離開自己這點，並沒有多大的傷感。進陳家宅邸前，聽見父親癌末，他第一次體會到親人即將去世，卻什麼都無法做到的焦急與遺憾。

而在陳家宅邸中，他則是親自走了鬼門關一趟，不禁覺得人生真的很短暫。如今，他想更加把握可以為生命中所愛的人多做些事情的每一刻。

靳騰遠溺愛地揉著他的頭髮，不急著要穆丞海為他做什麼，自己虧欠他的父愛都還沒給足呢！

「嘗嘗這塊糕點，很好吃的。」他塞了一塊茶點到穆丞海口中，以此代替回答。

咀嚼幾下後吞嚥下去，真的很好吃。穆丞海露出滿足的表情，自己又伸手拿了一塊來吃，讓靳騰遠成功轉移了他的注意力。

歐陽奉望著穆丞海那純真的笑容，想起小時候的歐陽子奇。

一直在家接受菁英教育的兒子，個性像他一樣較真嚴肅，追求完美的程度早就超過了同齡的孩子。印象中很少見到兒子笑，直到他進入一般國小就讀，認識了穆丞海。每天下課後，兒子開始會跟他聊到班上有個奇怪的同學，說他總是笑得一副人畜無害的模樣。

慢慢的，他偶爾也會看見兒子露出相似的笑容，開始會生氣、會煩躁、會煩惱，也會想去保護他人。然後某一天，他跟他說，他要進入演藝圈，還是跟穆丞海組團。當時他氣炸了。

現在回想起這一切，如果沒有遇見穆丞海，他的兒子或許會更完美，更有成就，但絕對不會變得如此有溫度且善解人意，如此像個人類。

是穆丞海成就了他這麼好的一個兒子。

「對了，這陣子我跟藍卓里聊了很多。雖然我還不太懂演藝圈的運作模式，不過聽藍卓里說，他投資你們拍的電視劇、《復仇第二部：Robert篇》賺了不少錢，廣告、版權、再加上周邊商品，整個帶動的商機很可觀。我們有意合作，共同創立一間公司，找一些好的IP來經營。」

歐陽奉將桌上一份厚厚的資料翻開，遞到歐陽子奇和穆丞海面前。

而這時一直在歐陽子奇口袋裡睡覺的東青，牠不只醒來，還跳到資料前，似乎想跟著歐陽子奇一起看資料。

「算一算我們的起手牌其實很不錯，首先有你、還有王軍浩在演藝圈的人脈幫忙，再遊說有影帝頭銜的希燦加入。薛畢的導演能力很傑出，自製節目、影集交給他沒問題。你們兩個和小蓉也是班底，這樣公司的發展可以跨足許多領域。至於國外的部分，有小蓉的未婚夫丹尼爾．布魯克特打前鋒。如此一來，如果想把MAX的國際知名度打開，也會迅速許多。」

不只歐陽奉對這分計畫感興趣，靳騰遠亦是抱著百分之百的心力準備投入。他補充說明，「你們現在待的寰圖娛樂是不錯，我們原本也有想過要直接投資寰圖娛樂，但何董過於短視近利，步伐也太慢了！不是好的合作對象。另外，我也想問問你們的意見，楊祺詳的能力不錯，是否要將他挖角過來，繼續當你們的經紀人？」

小楊哥如果能當他們的經紀人，當然是最好的啦！穆丞海早就習慣有他前後打理一切，只是他的嘴角不禁抽了下，原來你們已經計畫這麼多了嗎？

「子奇。」歐陽奉轉向自己的兒子，突然正經八百地說，「演藝圈還有很多我不懂的事情，你到時可要多教教我。」

歐陽奉的這句話，無疑是對歐陽子奇在演藝事業上的肯定，這也是第一次，歐陽奉正面承認了他的能力。歐陽子奇眼眶有些發熱。

「伯父，那你要有心理準備喔！子奇是個大惡魔，他在工作上的要求超多又超龜毛的，你要他教你，肯定會飽受折磨的，每天身、心、靈都會遭受嚴重的酷刑，覺得經營歐陽集團要簡單多了。」穆丞海以過來人的經驗告誡道。

「穆、丞、海——你真的活得不耐煩了。」從齒縫中迸出這句話，歐陽子奇瞪向穆丞海。

「才不會咧！」穆丞海扮了個鬼臉，「經過這次的事件，我可是深刻體驗到『生命可貴』這幾個字的意義呢！」

在陳家宅邸進行「百物語」儀式之後所發生的一切，被隱藏式攝影機真切地記錄了下來。鬧鬼鬧得如此具體、規模又大，薛畢本人也在現場，就算是想裝作沒看見，或是用科學方法解釋都沒有辦法，最終薛畢也信守承諾，將那些拍攝到的內容毫不保留地公諸於世。

剪輯完成之後，《鬼影任務特輯：陳家凶宅的實境拍攝！》分成上、下兩集在A臺的電視頻道播出。

以往的靈異節目拍到鬼影的畫面，通常都非常模糊，必須將聲稱是鬼影的部分特地圈起來，放大、再放大，才能勉強辨識出模糊的輪廓，導致整個畫面最清楚的部分，就是那個圈起來的紅圈，還要找人來輔助解釋哪裡是頭、哪裡是眼，加上繪聲繪影的背景故事來增添可信度。從來沒有像這次的《鬼影任務》一樣，東方妖、西方魔、男女老少眾鬼團聚，貨色齊全、任君挑選的。

A臺高層在看完張凱能交出去的母帶之後，商業頭腦動得飛快。他們預料這次《鬼影任務》會造成轟動，便加碼向T臺購買《復仇第二部：Robert篇》來重播，並在《鬼影任務特輯》播出之前，就在《復仇》的官網和社群媒體上大肆宣傳，讓喜歡《復仇》的觀眾，期待看見MAX和王希燦在《鬼影任務》裡截然不同的模樣。

而這個策略相當成功，《鬼影任務特輯：陳家凶宅的實境拍攝！》上集播出時，許多《復仇》的觀眾群守在電視機前準時收看，讓這個特輯的收視率比一般的《鬼影任務》系列整整高了五倍。訊息接收較慢的觀眾，也在媒體報導跟朋友的口耳相傳之下加入觀看下集的行列。「陳家宅邸」跟「拍到鬼影」等等的話題，吸引那些原本愛看靈異節目、但因靈異節目綜藝化而離開的觀眾回鍋，再次墊高下集的收視率，傲視同一時段的其他節目。

此外，《鬼影任務》也在自己的官網上放了許多電視節目上沒有播出的花絮，每一則影片的點閱率都極高，被瘋狂轉載。

鏡頭拍到清楚的鬼影，也曾遭到觀眾質疑造假，但看到監製的導演是薛畢，認為他的性格應該是不屑這麼做的。薛畢的耿直與火爆的脾氣是同樣有名的，幹嘛為了一個小小靈異節目的收視率，賠上自己的名聲呢？

所以懷疑歸懷疑，又不敢百分之百確定是造假，貿然進行砲轟。

談話性節目也開始討論起這些鬼影片段，請了攝影專家來分析，名嘴們說得頭頭是道，以往靈異節目被綜藝化，現在則是綜藝節目被靈異化，帶起了靈異風潮，再次成為電視節目的主流。

不僅如此，當話題開始被大家瘋狂討論時，《鬼影任務》的節目製作小組，與那些參與拍攝的來賓倒是異常安靜，不去炫耀自己拍到鬼魂的成就。盧仙姑這些天師們也不上節目賺通告費，反而在其他記者媒體訪問時，對拍攝過程三緘其口，增添了整起事件的神祕感。

當事人們的反應其實也不難理解，因為只要實際經歷過這趟凶宅之行，就會知道群魔亂竄是多麼可怕的一件事，讓他們根本不願再回想及提起，以免講多了，會引誘那些鬼怪們再度上門。

有些受害很深的，例如吃過「紅顏狂」的果實、導致身體一度被榨乾的網美林柔庭和珊卓拉，自姜維瀾將她們恢復後，徹底改邪歸正，秉持著善念生活，差點沒出家當尼姑去。她們依舊會拍攝影片上傳至自媒體，但主題已不再是教導觀眾如何在短時間內變美，而是循規蹈矩地運用營養學改善飲食，搭配正規運動來使身體維持健康。

MAX所屬的寰圖娛樂公司也接到許多想要打探內幕的電話，被經紀人楊祺詳以各種理由打發掉，就連MAX的工作現場也請來了大量的保全，以MAX需要專心工作為由，將媒體擋在外頭。

大家對內幕的好奇心簡直要炸開了！

至此，張製作拯救節目的目標達成，還順利和電視臺續簽了兩季的合約，《鬼影任務特輯：陳家凶宅的實境拍攝！》可說是空前的大成功！

這天，想要探得更多內幕的媒體記者終於逮到機會，圍堵到落單的薛畢。

雖然不是專門召開的記者會，卻有不亞於記者會的陣仗。薛畢被記者與攝影機圍繞著，十幾支麥克風和錄音筆同時遞到他面前，大家美其名是關心薛畢接下來的工作計畫，但司馬昭之心，路人皆知。記者們骨子裡想探到的，還是關於鬼影的虛實。

「薛導，這次《鬼影任務》拍到的鬼影，到底是真的還是特效？」

在一連串無關緊要的問題過後，終於有位年輕記者，初生之犢不畏虎，直搗核心，問出大家最想問的問題。

「……我還有事要忙。」薛畢想閃人，但再怎麼如往常那般擺起臭臉，凶神惡煞地瞪著大家，也打消不了記者們想要一探究竟的念頭。

「薛導，請告訴我們！」

「薛導——」

「是、真、的。」鏡頭面前，薛畢被問得不耐煩，便突然開口。現場記者聞言紛紛倒抽了一口氣。「如果你們相信的話。」

這是什麼意思呢？

「不相信的話，那就是假的。」薛畢補充道。

接著，他露出一抹詭異的微笑，留下呆愣著、還在細細咀嚼話中之意的記者們，快步離去。

就他所知，張凱能推播節目的牌還沒出盡呢！接下來要頭痛的人，可不是只有他而已。

張凱能的底牌掀開之前，他先向眾家記者媒體預告，即將在官網播出《鬼影任務特輯：陳家凶宅的實境拍攝！》最重磅的畫面，驚爆程度絕對比目前已經曝光的鬼怪畫面更為震撼。

在電視臺播出的上、下集已經是核彈等級的內容了，還能有比這個更勁爆的嗎？談話節目與群眾都在討論張凱能指的是什麼。

有人說是長相更可怕的鬼怪，或者閻羅王降臨。

也有人猜測是絕無僅有的天師驅鬼畫面，失傳的古老術式即將公諸於世。

對某些把化妝視為易容術的人，則賭說是要公開所有參與的網美素顏。

陰謀論與無神論者則是信誓旦旦地指稱，節目終於要承認畫面上看到的所有妖魔鬼怪，都是以陳家血案為藍本、穿鑿附會，並使用電視特效技術後製出來的。

等到預計的時間一到，人人守在螢幕前，彷彿在觀看自己國家的奧運競賽直播一般。

然後，觀眾們看到了一段時長只有三分鐘左右的剪輯影片，連微電影的規模都不到。沒有字幕、節目特效字卡，甚至連人物對話都沒有播出來。

背景音樂是由歐陽子奇和穆丞海合唱的曲目〈慕戀〉，畫面則是許多被隱藏式攝影機所捕捉到，穆丞海看著歐陽子奇和王希燦站在一起時，露出的吃醋小眼神，還有兩人在琴房裡和解的畫面，以及體位切換時鏡頭外的無限遐想。兩人在小休憩室內醒來，歐陽子奇雖然狠揍了穆丞海一拳，卻又幫他冰敷的貼心舉動也同樣被記錄了下來。

最後畫面則打上：

獻給你們，永遠的MAX Love，歐陽子奇×穆丞海。

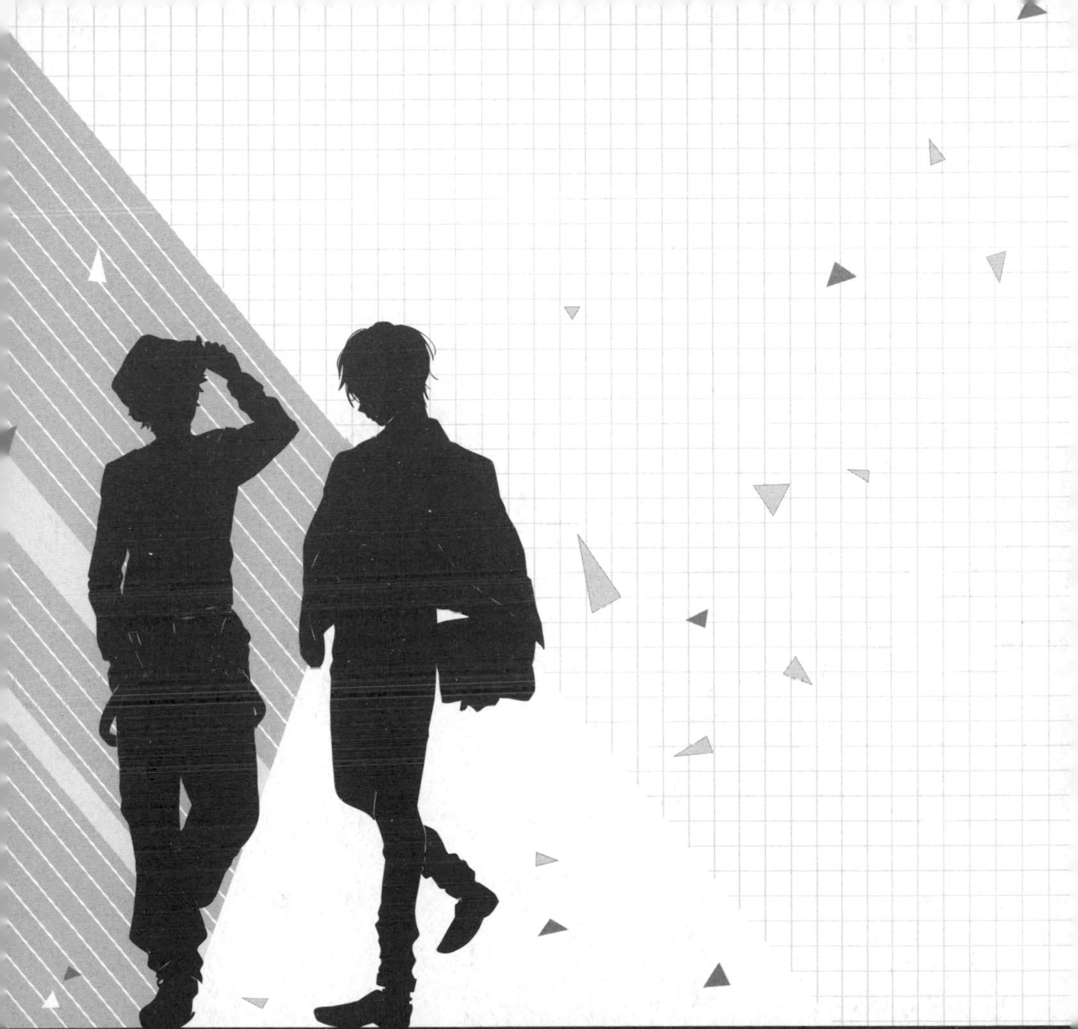

Final Chapter

終於換人祕密兼差啦！

青海會本部。

靳騰遠的書房裡，傳來喧鬧的談笑聲。

沙發區的大方桌，原本是拿來擺放靳騰遠辦公桌上放不下的文件的，此刻，那些攸關整個青海會運作的重要資料被堆到牆邊地上，大方桌則被各種不同風味的點心與飲料所取代。

「我記得，子奇和茱麗亞鬧出緋聞那時，雖然也驚動了很多媒體，卻沒這次海奇 **CP** 終於成真的新聞來得大。你們能挺過各方轟炸，撐到現在還身心靈完好，果然是真愛無敵。」如風鈴般悅耳的女聲充滿讚嘆。

「並沒有成真好嗎！」當事人之一不滿地翻了翻白眼，「而且那支影片，分明就是張製作剪來感謝 **MAX** 的粉絲們，以表達我們對大家的愛的，真不懂為何會被解讀成我和子奇的相戀官宣。」

沙發上坐了一群人。其中，有靳騰遠相認不久的兒子穆丞海、穆丞海的好友兼 **MAX** 同伴歐陽子奇、歐陽子奇的前未婚妻夏芙蓉、夏芙蓉的現任未婚夫丹尼爾．布魯克特，還有跟穆丞海神韻極為相似的姜維瀾、姜維瀾的同伴方以禾，以及等會兒就要護送他們出發、回到靈山的殷天師。

而他們這會兒閒聊的話題，就是前陣子導致MAX被瘋狂追問的影片。

「說實話，你們到底有沒有絲毫往『在一起』的狀態發展？」身為當事人雙方好友的夏大小姐繼續追問。

兼具近距離長期觀察歐陽子奇與穆丞海相處，還有吃瓜群眾身分的她，明明就覺得兩人之間的化學反應很好，卻偏偏得不到一個正面的回應，讓她已經開始分不清楚，到底是當局者迷、還是旁觀者迷了。

「沒有。」歐陽子奇撇過頭，否認的語句很簡短，一如他面對媒體詢問這個問題時的回應。

而角落精心編織的鳥巢裡，小麻雀因為冷氣太強，正縮著身體打盹。東青鳥見狀便展開一支翅膀，將牠護在羽翼底下，溫暖著牠的身軀。

「嘖嘖，我覺得自己被排擠在他們兩人的小團體外了。」夏芙蓉搖頭嘆氣。

「沒關係，我們也可以把他們排擠在我們的小圈圈外呀。」丹尼爾摟著親愛的未婚妻，展現十足的男友力。

「天啊，我的眼前怎麼一片閃光。墨鏡咧，我需要保護一下眼睛。」穆丞海唱作俱佳，虧了夏芙蓉一把。

「穆丞海你找死啊！」夏芙蓉本來要拿沙發靠枕丟他，靈光一閃，突然想到更有效的反制方式。他眼明手快地截走他正吃得津津有味的甜食，穆丞海果然直接求饒。

「我怕妳了，我的姑奶奶，話題別老是繞著我打轉，聊聊維瀾跟以禾呀。他們就要回靈山了，下次再見不知是何年何月，不如維瀾，你就說說你怎麼到陳家的吧。」

「也是，看完《鬼影任務》這次的特別節目，我對你們的事情超好奇的。」

幾雙目光同時調向姜維瀾，令他有些窘迫。他習慣默默待在背後，看著像方以禾與穆丞海這類社交活躍的人。自己突然成為話題焦點，實在不怎麼習慣，只能盡可能地訴說他與陳家的這段奇緣。

而聽完他的描述，眾人莫不瞠目結舌，無法置信。

「所以你當初會到陳家，是因為陳寧，噢，不！是陳蘋從跳蚤市場上買了你？」穆丞海向姜維瀾再度確認。

在跳蚤市場花個幾百元，就不小心買到了在人間流浪千年的靈樹，這個機率有多大？

他開始考慮，以後有跳場市場都該去逛逛。

「呃……我當時，有點落魄。」姜維瀾臉上泛起羞赧的紅暈，「其實，也怪我修為不夠，如果我能更早提升能力，像以禾這般化成人形自由活動，就能早日融入人群中生活，而不是被動地在人間漂泊，造成大家的困擾。」

「咦？這麼一說，世界上該不會還有很多精怪靈獸，也像你們一樣變裝成人類，和我們生活在一起？」好奇寶寶穆丞海發問。

「或許吧。」姜維瀾還未開口，反而是夏芙蓉搶先回答。而且夏大小姐的話似乎意有所指。

空氣陷入一片靜默。

姜維瀾和方以禾疑惑地互看了一眼，透過緊握的雙手，無聲交流。

殷天師則是端起桌上的茶杯輕啜，不打算介入。

最奇怪的是，總愛與未婚妻一搭一唱的丹尼爾竟然沒有答腔，還心虛地盯著天花板，這舉動惹來歐陽子奇的注意，銳利的目光在這對即將踏入禮堂的新人間來回審視，他了解夏芙蓉，這番話，莫非……

「你們不覺得非人物種總有著吸引人類接近、喜愛的能力嗎？」夏芙蓉打破靜默，硬生生地改變話題的方向，「像以禾和維瀾就是。」

「似乎是這樣呢！」穆丞海點頭，隨即恍然大悟地轉向歐陽子奇，「莫非你也是非人變的嗎？長得好看、聲音動聽、氣質出眾、能力又超級強，可以同時處理那麼多事情。」

歐陽子奇直接回他一記白眼。

想到歐陽子奇已經開始協助歐陽奉，自己是不是也該為家族出點力？

但他除了演藝專業外，會的東西實在少得可憐。

「老爸，依你擔任青海會會長多年的專業判斷，我有沒有辦法以『打工』的方式接受培育，慢慢接手青海會的業務啊？」

穆丞海問著靳騰遠的同時，嘴巴也沒閒著，繼續嚼咬不斷送進嘴裡的食物。

「就算你想『全職』接管，都不見得能夠勝任了，還『打工』咧！以為是在路邊擺攤嗎？青海會每個月動輒上億的資金流動，稍有管理不慎就會釀成災難，到時候還要麻煩靳叔叔幫你收爛攤子，比他自己經營還累。」

歐陽子奇毫不客氣地吐槽著，順手攔截穆丞海叉起的芋頭酥，放進自己的嘴裡。他其實不太愛這種點心，單純只是想跟穆丞海搶，欣賞他吃不到東西時的哭喪表情。

果不其然，穆丞海皺起了臉，小麻雀似乎也感應到主人的心情，同時發出了一聲悲鳴。

「歐陽集團的生意也是以億計算的啊！為什麼你就可以邊做MAX的工作邊處理，我就不行？」

「天分。」歐陽子奇伸手輕點自己的太陽穴，擺明就是在炫耀。然後話鋒一轉，也不是只顧自誇，他稍微安慰了下穆丞海，「況且，青海會的業務可不輕鬆。」

「確實，青海會現在做的雖然是合法生意，但因為弟兄們還存有過往的黑道觀念，管理起來不像一般企業那麼單純。你若真的有興趣再來學，現在還是先把重心擺在演藝工作上吧。」

「靳叔叔說的沒錯。還有，你可別忘了，艾羅爾服裝設計學院就要開學了，你真的覺得自己能夠同時兼顧學校課業、MAX的工作和青海會的業務嗎？」歐陽子奇企圖從穆丞海手中再攔截下一個水果塔，但這次穆丞海已有了防備，不只成功防守，還將歐陽子奇盤中的櫻桃巧克力全都搜刮了過來。

「也是啦，但說真的，我一點也不擔心學校課業呢！」將巧克力塞入口中，穆丞海發出滿足的嘆息。果然搶來的就是好吃。

「喔？原來你的目標只是入學，沒打算畢業？」歐陽子奇這次的目標，是穆丞海喝到一半的長島冰茶。

看著歐陽子奇和穆丞海上演起互搶食物大戰，靳騰遠露出「有子萬事足」的笑容，彷彿看見年輕時自己和比爾相處的情況，記憶裡還有另一道倩影。

如果伊琳娜還活著，看到兒子交到這麼好的朋友，一定也會很高興。

「才不是咧，我是對自己有信心。先申明這次不是我自我感覺良好喔，同樣從艾羅爾畢業的賽門可是也很看好我的，直誇我有服裝設計的潛力。學長都這麼說了，可見我也是有天分的，只是跟你所展現的天分不太一樣。」

瞧穆丞海如此驕傲，第一次聽到這個消息的丹尼爾感到很詫異。

「你要去讀艾羅爾？」

「是啊，已經辦好註冊手續了，下個月入學。」發現丹尼爾的表情不太尋常，穆丞海好奇地反問，「怎麼了嗎？莫非是那間學院鬧鬼鬧得很嚴重，你擔心我會適應不良？紅毛丹啊，原來你這麼關心我呀，我太感動了。好吧，我答應你，以後你跟小蓉要在我面前怎麼放閃都沒關係，我不會再打趣你們的。還有，我的陰陽眼問題已經徹底解決了，看不見也感受不到鬼魂了，所以你不用擔心啦！」

「並不是陰陽眼的問題……」丹尼爾欲言又止。

「不是陰陽眼，難道是精怪的問題？」夏芙蓉的接話再度透露出意有所指的味道。

這下丹尼爾無法淡定了，「小蓉，妳是不是……」

「是不是什麼，等你想清楚了再跟我說。」夏芙蓉打斷丹尼爾的話，「最近我偶爾會想起白蛇傳的故事。你們說那個許仙知道自己的妻子是蛇精時，到底是怎樣的心情呢？難道白蛇不該在結婚前就先向許仙坦白嗎？非要等到法海出現警告，把事情鬧得不可開交嗎？」

丹尼爾的表情尷尬又愧疚。

這對小新人的互動，不只證實了歐陽子奇內心的猜測，也讓他看出小蓉是真的生氣了，而且還在鬧彆扭。但既然有心結為夫妻，未來會遇到的問題還多著呢，他就暫且不插手，有待丹尼爾自己費心，去解開跟小蓉之間的芥蒂了。

「丹尼爾，你提到的艾羅爾的事情，會對海有嚴重的影響嗎？」

「倒是不會太嚴重，就看他適應的情況。若真的不行，我曾經在艾羅爾當過特約模特兒，可以去跟學校溝通一下。」丹尼爾說得很隱諱，但聰明如歐陽子奇一定能聽明白。

他既然已經認定了小蓉，子奇和小海自然也是他會主動保護的對象。

看來今晚回去，他得跟小蓉講清楚，全盤托出自己的祕密了。

既然這邊的事情沒什麼大礙，歐陽子奇便把關心的焦點轉到他們未來的計畫上。

「對了，靳叔叔，你跟爸爸合夥成立的『海奇娛樂集團』，真的把全球第三大的娛樂公司併購了嗎？」

「嗯。」

靳騰遠跟歐陽奉在做生意上的想法是一致的。要做，就是要拚到第一，而且是要在最短的時間內，從開創、經營到穩定，成為該領域屹立不搖的龍頭。

因此，當他們決定要往娛樂事業發展時，就開始積極投入了大量的資金，蒐羅各地人才，並收購企業體質不錯的公司，目的就是要讓「海奇娛樂集團」可以瞬間打響名號，吸引其他公司來與他們洽談合作。

「可是……」

歐陽子奇其實不太喜歡雙方父親做的這件事，他們能夠支持MAX繼續在演藝圈發展的用意雖然很好，但做到動用歐陽集團和青海會的龐大財力，瞬間成立國際級的娛樂公司，傾力將他們行銷到全球去，就有點太超過了。

藝人都希望能夠獲得公司的重點栽培，這對曝光有絕佳的幫助。但這麼做的，如果是他們現在所待的寰圖娛樂，歐陽子奇可能還不會覺得心裡這麼得不踏實，本能地想要抗拒。

就是因為出資的是家族企業，即使真的在國外紅了，也容易落人口實，被批評是靠爸族、砸大錢包裝才紅的，而不是靠MAX所製作的音樂本身來獲得成就的。如此一來，即使專輯上榜，也會蒙上買榜的陰影。

在音樂領域上，歐陽子奇更希望的是由自己白手起家，就算成功的速度慢一點也沒有關係。

如果要靠砸錢來獲得成功，當初他又何必讓穆丞海承擔吸引歌迷目光的重要任務，自己默默地磨練作詞作曲的功力，一步一步由偶像團體走到銀翼金曲獎，這個國內音樂界的最高殿堂呢？

他要的從來就不是眾星拱月的外在虛榮，而是MAX的音樂能真真正正地打動人心。

靳騰遠自然是能看出他的糾結，這點，在自己兒子那顆不會想太多、單純到不可思議的腦袋裡，是絕對不會出現的。

「既然你對我們的做法有疑慮，那你對自己顯然也不是這麼有信心的嘛！難道MAX的音樂是這麼經不起考驗的嗎？是在龐大資金挹注與顯赫家族背景的相襯之下，馬上就會被掩蓋過光環，露出毫無價值原貌的作品嗎？」

「當然不是！」歐陽子奇否認。

「安啦。」穆丞海拍拍歐陽子奇的肩膀，「這種小事情多好解決，如果你怕老爸他們拿出來的錢太多，我就做個敗家子，把公司的資金全都玩掉不就行了。就算咱們兩家的底子夠厚，也不可能無限制地拿錢出來，砸在對我們一點意義也沒有的包裝行銷上。」

歐陽子奇沒好氣地睨了穆丞海一眼，然後輕笑出聲。

敗家子應該不是什麼值得驕傲的事吧！真虧穆丞海能說得如此臉不紅氣不喘的。

被靳騰遠的激將法開導完，加上穆丞海這麼無厘頭的一鬧，歐陽子奇釋懷多了。他對自己的音樂作品有信心，就用實力來粉碎那些預期中的毀謗吧。

這時，書房的門突然被撞了開來，薛畢風風火火地衝進來，劈頭就大聲嚷著，「藍卓里……！殷老師你也在啊？真是太好了！」

看見殷天師的薛畢明顯鬆了口氣，缺乏整理的長鬈髮披散著，實在有失薛畢對外的貴公子藝術家形象，穆丞海也是第一次見到自己乾爹的邋遢模樣，著實有些意外。他不禁附在歐陽子奇耳邊，小聲地問，「薛畢是怎麼了？你有見過他這個樣子嗎？」

語畢，不忘輕輕地吹了口氣。

歐陽子奇迅速摀住自己的耳朵，沉聲警告，「穆丞海，你要再敢這樣玩，你就試試看。人的忍耐是有限度的，下張專輯你是不是想挑戰饒舌曲風？」

「對不起，您大人有大量，請原諒我幼稚的行為。」穆丞海雙手合十，低聲道歉。

「就饒你這一次。」歐陽子奇看向薛畢，「我也沒見過他這個樣子，怕是發生了什麼大事。」

靳騰遠示意薛畢找個位置坐下，順手倒了杯茶給他。

「謝啦！」果然是懂他的好友，他剛好覺得口很渴。薛畢接過茶杯就要喝。

「不過那杯是符水，殷老師燒了張『生意興隆』的符在裡頭。」靳騰遠故意在薛畢準備喝下前這麼說，想查看薛畢的反應。

呃……

猶豫、再猶豫，薛畢最後還是仰頭一口將茶喝下，皺著眉頭，好像喝到了什麼餿掉的東西一樣。

但其實，那就只是一杯很單純的烏龍茶而已。

靳騰遠笑出聲，也確定了薛畢來找他的目的。應該不是有事要問他，就算要問，也是要問殷老師的聯絡方式，「好啦！你有什麼事情想問殷老師，就趁這機會直接問他吧。」

看來《鬼影任務》的拍攝確實改變了許多人，其中亦包含了原本鬼神不信的薛畢。

「好。」既然目的已經被看透，薛畢也就不再隱瞞。他轉向殷大師，「殷老師，你看過我拍的上一檔戲《復仇第二部：Robert篇》嗎？」

殷天師點點頭。

「所以，以前我的拍攝現場，真的有鬧過鬼？」

不等殷天師回答，當時還有陰陽眼的穆丞海馬上幸災樂禍地說，「不是有鬧過鬼，而是只要由乾爹執導，『每次』『畢定』『都』『沒有意外』『絕對』有鬧鬼。」

好啦，他聽得很明白，不用加強語氣、特地強調這麼多次吧！這個該抓起來打屁股的乾兒子，枉費他平時待他這麼好。

早知道就別接《鬼影任務》的案子了，只要一開始相信這世界上有鬼神，拍片時便不難發現，自己的片場老是有古怪的靈異事件發生。他之後再去深入追問常合作的工作人員，他們也終於能坦白了。並不是接完《鬼影任務》才變成這樣的，而是只要薛畢執導，片場就會變得如此精采。

「殷老師，這有辦法解決嗎？」

「如果是像丞海那樣，是因為後天的陰陽眼造成的，還可以透過關閉陰陽眼來解決。但是薛先生的情況不同，你是因為八字特輕，又屬於特殊命格，這是天生的，解決不了。」殷天師說得雲淡風輕，但對薛畢而言簡直是晴天霹靂。

解決不了……解決不了……解決不了……

好殘酷的四個字。薛畢彎下腰，將臉埋在雙膝之間，欲哭無淚。

「沒關係啦！反正薛導以前不知道，就算拍片現場鬧鬼，你不也還活得好好的，現在的差別只是在於你知道有鬼魂的存在而已，所以影響不大啦！」穆丞海安慰地拍拍他的肩膀，

在說著這番話的時候，穆丞海其實心裡也不相信這個說詞。因為他自己就經歷過「看得到」與「看不到可是感受得到」這兩個過程，所以他相當清楚，知道有鬼在、跟不知道有鬼在，心裡壓力的差異會有多大，根本很難裝傻，以平常心去看待。

這麼對薛畢說，只是不負責任的安慰而已。

而且他的笑容漾得好大好大，根本不是誠心地在替薛畢感到難過，大有自己的陰陽眼找到了接班人的意味。就連靳騰遠，也對好友未來要面臨到的災難抱持著有好戲可看的心態。

「還是你要找豔青姐和小桃幫忙？豔青姐人見人怕、鬼見鬼愁，有她坐鎮的地方，至少保證不會有奇怪的鬼來鬧場。至於小桃，她愛看拍戲現場、也愛追星，或許你們會非常合得來呦！」

不想！他一點都不想見到鬼魂，哪怕是再親切和善的鬼都一樣！

「而且有些鬼魂生前心願未了，難得能遇到看得見祂們的人，就會想方設法纏住對方，希望有人替祂們完成心願。」

「藍卓里，瞧瞧你的好兒子！」

靳騰遠笑而不語。

難得看到比爾心慌意亂的模樣，不多欣賞一下實在說不過去。

「其實薛導就當是在做善事，不用想太多，只是工作之餘還要花時間去處理鬼魂的事，確實會有點忙碌沒錯，但解決後的成就感可是非常爽快的呦！」

他堂堂薛畢，還需要用這種方式來增加自己的成就感嗎？等著他執導拍片的人都不知道排隊排到哪裡去了。資金、好劇本、優秀的演員與團隊，要什麼有什麼，還需要淌幫助鬼魂這種渾水嗎？

「比爾，不如你就請殷天師比照寰圖娛樂那樣，定時去你的片場淨化，減少被鬼魂騷擾的機會。」

「殷大師，行嗎？」薛畢如可憐的小狗般垂著眼，苦苦哀求著。

「也不是不行。」殷天師好整以暇地把空杯遞到薛畢面前，薛畢立刻拿起茶壺把杯子斟滿，「但那畢竟是治標不治本的方式，況且，我還要帶以禾和維瀾回靈山，沒個一年半載恐怕是回不來的。」

什麼！難道只能想辦法共存了嗎？薛畢哀號。

看來只要是有鬼魂存在的地方，讓人背後發涼、徹底考驗心臟強度的挑戰，就會繼續下去。

不只是薛畢，包含你我，或許哪天也會有緣分遇見。

所以，你準備好要「兼差」了嗎？

——《探問禁止，主唱大人祕密兼差中06》完

——《探問禁止，主唱大人祕密兼差中》全系列完

高寶書版集團
gobooks.com.tw

輕世代 FW395

探問禁止！主唱大人祕密兼差中06(完)

作　　者　尉遲小律
繪　　者　ひのた
編　　輯　王念恩
美術編輯　彭裕芳
排　　版　彭立瑋
企　　劃　李欣霓

發 行 人　朱凱蕾
出　　版　三日月書版股份有限公司
　　　　　Printed in Taiwan
地　　址　臺北市內湖區洲子街88號3樓
網　　址　www.gobooks.com.tw
電　　話　(02) 27992788
電　　郵　readers@gobooks.com.tw（讀者服務部）
傳　　真　出版部　(02) 27990909　行銷部 (02) 27993088
郵政劃撥　50404557
戶　　名　三日月書版股份有限公司
發　　行　英屬維京群島商高寶國際有限公司台灣分公司
　　　　　Global Group Holdings, Ltd.
初版日期　2023年4月

國家圖書館出版品預行編目(CIP)資料

探問禁止！主唱大人祕密兼差中/尉遲小律著.-- 初版. -- 臺北市：三日月書版股份有限公司出版：英屬維京群島高寶國際有限公司臺灣分公司發行, 2023.04-

ISBN 978-986-361-700-6(第6冊：平裝)

863.57　　108009124